Viel Spaß beim lesen…

Walter M. Dobrow

Kriminelles Strandgut

13 „kriminelle" Kurzgeschichten

Ein Lübecker- Bucht-Krimi

Bibliografische Information der Deutschen Nationalbibliothek:
Die Deutsche Nationalbibliothek verzeichnet diese Publikation
in der Deutschen Nationalbibliografie;
Detaillierte bibliografische Daten sind im Internet
Über http://dnb.dnb.de abrufbar.

Herstellung und Verlag: BOD – Books on Demand
Norderstedt

ISBN:9783746093116

Inhaltsverzeichnis

„Vierzehn"

Karl und Elisabeth Meyer heirateten an einem schönen Junitag. Nicht aufwendig, denn Karl hatte noch keine großen Schritte auf der wackeligen Karriereleiter zurückgelegt. Aber schön war's.
1961 war ein klimatisch sehr gutes Jahr für Norddeutschland. Ein beständiges Hoch hatte Land und Wasser von Anfang Mai an mit Sonne satt getränkt und die Vegetation zur Höchstform auflaufen lassen.

Nun war Montag und Else, wie Karl seine Frau nannte, hatte ihr teures Brautkleid in eine Plastikhülle gepackt und im Kleiderschrank verstaut. Karl verstaute auch, nämlich das Gepäck der beiden in den kleinen Kofferraum ihres Opel Kadett, seinem ganzen Stolz und für die Hochzeitsreise frisch poliert. Sorgfältig drückte er den Deckel zu.
„Kommst du, Else?", rief er und sah seine Frau mit Stolz an, als sie aus der Haustür trat und auf ihn zulief.
Toll sah sie aus mit ihren wehenden langen Haaren, die durch einen Reif gehalten wurden. Ihr buntes Sommerkleid, unten in weiten Falten, oben mit einem ziemlich tiefen Ausschnitt ...
„Seine Else ..."
Sie ließen ihren Wohnort Essen hinter sich und fuhren über Bundesstraßen und Landstraßen Richtung Hamburg. Karl

mochte keine Autobahnen und hatte die Route so geplant – sie hatten ja Zeit.

Ihr Ziel war die Ostsee, genauer gesagt die Lübecker Bucht, wo Karl vor Jahren mal mit seinen Eltern gewesen war. Am frühen Nachmittag standen sie Arm in Arm am Strand von Scharbeutz und schwelgten in den Bildern, die sich ihnen boten. Blauer Himmel, glitzernde See, Sonnenschirme, fröhliche Menschen ...

Sie hatten sich keine Gedanken wegen einer Unterkunft gemacht; es würde sich schon was finden. Nun stellte sich die Suche als nicht so leicht heraus. Dreimal Kopfschütteln an den Rezeptionen kleinerer Hotels „ihrer" Preisklasse und Else geriet in Panik.

„Versuchen Sie es bei ‚Heintze' in Haffkrug", riet ihnen die Hausdame des letzten Hotels.

Karl parkte den Kadett an der Strandallee und ging mit Else zum Eingang des äußerlich nicht sehr ansprechenden Hauses, wo ein Zettel sie darauf hinwies, dass man bei Bedarf bei der gegenüberliegenden Strandkorbvermietung – ebenfalls von Heintze betrieben – vorsprechen solle.

Heiner Heintze hatte die kleine Pension – zehn Zimmer gab es in dem alten Haus – von seiner Mutter geerbt und nach und nach renoviert. Frau Sievers von nebenan half ihm während der Saison beim Herrichten der Zimmer. Eine Frau hatte er nicht. Heiner sah das Paar über die Straße kommen ... und verliebte sich auf der Stelle in Else. So war das immer bei ihm, aber ...

Heiner hatte tatsächlich ein Zimmer für die beiden, sogar mit Fernseher, etwas, was es sonst nur selten in Pensionen gab.

7

Erstes und zweites Programm. Schwarz-weiß in einem ansprechenden Nussbaumgehäuse.

Karl war begeistert und probierte den Fernseher gleich aus, während Else durch das geöffnete Fenster mit einigen Verrenkungen die Ostsee sehen konnte.

„Toll!", jubelten beide, wenn auch aus verschiedenen Gründen.

„Ich möchte einen Strandkorb", forderte Else und Karl schaltete den Fernseher aus und ging mit ihr zu Heintzes Bude.

„Vierzehn ist frei", sagte Heiner. Er sah nur Else an, die ihn anlächelte.

Toller Typ, dachte sie. Braungebrannt ... sportlich ... Kunststück, wenn der hier den ganzen Tag in der Sonne sitzt.

Karl und Else verbrachten wundervolle Flitterwochen in Haffkrug und in Heintzes Pension und auch in der „Vierzehn".

Als Karl gegen Ende ihrer Ferien unbedingt einen neuen Western mit John Wayne sehen wollte, der im Abendprogramm lief, ließ sich Else von Heiner in Nummer vierzehn verführen.

„Kommst du, Else?"

Karl hatte den Kofferraumdeckel des Mercedes der S-Klasse mithilfe seiner Fernbedienung geschlossen. Die Sonne schien wie vor fünfzig Jahren. Gestern hatten Karl und Else ihre Goldene Hochzeit im Garten ihrer Villa am Stadtrand von Essen mit einer großen Party gefeiert.

Ihre drei Kinder mit Familien waren dabei gewesen, darunter sieben Enkel, Freunde und auch einige prominente

Abgesandte der Landesregierung und der Stadt, denn Karl war angesehener Chef eines mittelständischen Betriebes. Zudem war er Kunstmäzen, wenn auch nur der steuerlichen Abschreibung wegen.

Else sah immer noch toll aus, wenn sie auch nun statt der früher langen Haare eine praktische Kurzhaarfrisur hatte und ein sportliches Top und Leinenhosen trug. Sie konnte sich die wöchentliche Behandlung im Kosmetiksalon leisten und man sah ihr den Wohlstand an: viel Gold an Fingern und Handgelenken, aber nicht übertakelt. Sie hätten eine Kreuzfahrt machen können oder auf die Malediven jetten. Nein, ihren Hochzeitstag verbrachten sie grundsätzlich in Haffkrug.

„Warum geht ihr nicht wenigstens nach Timmendorf ins ‚Maritim'", fragte Heidi, ihre Älteste, die als Kind oft mit ihren Eltern in Haffkrug gewesen war.

Sie erinnerte sich gern an den weißen Sand und das schöne warme Meer, aber die einfache Pension ... Da konnten sich ihre Eltern nun weiß Gott etwas Besseres leisten.

„Das verstehst du nicht", hatte Else ihrer Tochter, die nun auch bald fünfzig werden würde, geantwortet.

Karl hatte seine Frau zur Silberhochzeit mit einer Ferienwohnung in Scharbeutz überrascht, aber Else hatte unerwartet ablehnend darauf reagiert. Sie wollte unbedingt in Heintzes Pension logieren und so hatten sie die Wohnung wieder verkauft.

„Ich brauch das als Tradition, verstehst du?", hatte sie Karl erklärt.

Karl verstand zunächst zwar nicht, fand aber bald darauf den wahren Grund heraus. Er hatte sie, na ja ... fast nie betrogen.

Das eine Mal auf einer Geschäftsreise in Malaysia, wo er eine phantastische Massage von einer jungen Chinesin bekommen hatte, die dann zu seiner Überraschung am Ende der Behandlung gefragt hatte: „With happy ending, Sir?" Es war ein „happy ending" gewesen, und was für eins! Aber sonst? Eine kompetente Sekretärin hatte er gefeuert, weil sie sich an ihn heranmachen wollte.

Else hatte auch keine Affären gehabt in all der Zeit. Keine außer Heiner. Ihr Herz schlug ihr bis zum Hals, wenn sie daran dachte, dass sie ihn in fünf Stunden wiedersehen würde. Wie jedes Jahr, seit fünfzig Jahren, immer im Juni. Und wenn sie Heidi so ansah ...

Else stieg ein und Karl grinste. Er tippte auf dem neuen Navigationssystem herum.

„Weißt du noch, damals, als wir uns durch Hamburg fragen mussten?"

Sie lachte, schob eine Chopin-CD in das Audiosystem und der Achtzylinder schnurrte los.

Heiner Heintze summte vor sich. Ihm ging es gut. Okay, gesundheitlich plagte ihn beginnendes Rheuma, aber das brachte das Alter eben so mit sich. Das Haus hatte einen Anbau bekommen, die Zimmer waren alle frisch möbliert und mit den neuesten Flachbildfernsehern ausgestattet. Man konnte jetzt bei ihm Frühstück aufs Zimmer bekommen und alle siebzig Strandkörbe waren erst ein oder zwei Jahre alt und bequem.

Alle, bis auf einen. Der stand neben seiner Hütte und diente ihm als Sitzplatz. Es war seine alte „Vierzehn". Nur wenn Else und Karl kamen, wurde er aktiviert und in die erste Reihe zum Strand hin bugsiert.

„Wo de geelen Blomen blöhn int gröne Land ...", sang er und freute sich auf Else. Vorsichtig schob er die Gabel des Transportwagens unter den Strandkorb und hob an. Knirschend gab die Kante des Flechtwerks nach und Heiner sah betroffen, dass ein ganzes Stück aus der Rückwand herausgebrochen war.

„Mist!", fluchte er und holte sein Werkzeug. Zum Glück beherrschte er die alte Kunst des Rohrflechtens und machte sich an die Reparatur, denn Else und Karl waren schon auf dem Weg. Eine Möwe setzte sich ein Stück neben ihn hin und sah ihm zu.

Heiner mochte Möwen und sang weiter: „Wo die Möwen schrieen, hell im Sturmgebruus, do is mine Heimat, do bün ick tu hus."

Als ein paar Passanten klatschten, wurde Heiner bewusst, dass er laut gesungen hatte und er verbeugte sich.

Karl war nicht so dumm – oder sollte man sagen gutgläubig? – , wie Else dachte. Er hatte zwar erst nach ihrem zehnten Aufenthalt in Haffkrug herausgefunden, was da zwischen Heiner Heintze und seiner Frau lief, aber er war zu dem Schluss gekommen, besser nichts zu unternehmen.

Er hatte Else sogar eine Zeit lang von einem Detektiv beschatten lassen, denn wenn sie auch in Essen Affären gehabt hätte ... Er musste an seinen Ruf denken. Das hätte er ihr nicht durchgehen lassen können.

Sie kamen am frühen Abend an. Die Fahrt hatte gut zwei Stunden länger gedauert als die vor fünfzig Jahren im alten

Kadett, denn das Navigationssystem hatte sie nicht vor den sechs Baustellen bewahrt, die kilometerlange Staus auf den Autobahnen erzeugt hatten. Sie waren müde und verschwitzt, trotz der Klimaanlage des Hunderttausend-Euro-Wagens.

Heiner nahm sie in den Arm, auch Karl, denn sie waren ja Freunde, trotz allem. „Euer Zimmer wartet auf euch und ich hab euch einen Tisch in der ‚Reuse' bestellt. Wie immer", sagte Heiner.

„Ich muss erst mal an den Strand", sagte Else fröhlich und wäre fast einem Lieferwagen vor die Räder gelaufen, der viel zu schnell die Strandallee entlangfuhr.

„Hilfst du mir mit dem Gepäck?", fragte Karl und Heiner nahm zwei der Hartschalenkoffer, die so schwer waren, dass es ihm einen Stich in den Rücken versetzte. Karl nahm den Rest und sie keuchten hintereinander die Treppe hinauf.

Karl setzte sich schnaufend aufs Bett. „Man wird nicht jünger, oder?", fragte er nach Atem ringend. Auch Heiner japste nach Luft.

„Ich geh dann mal wieder runter", sagte Heiner, aber Karl nahm ihn am Arm und sah ihn an.

„Ich weiß das seit Langem ... das mit dir und Else, aber nun ist Schluss! Okay?"

Er sagte es in ruhigem Ton, wie er es von den Kommunikationstrainern gelernt hatte, die ihn für die Verhandlungen mit den Betriebsräten geschult hatten. Ruhig, aber bestimmt und keine Zweifel an der Botschaft zulassend.

Heiner starrte ihn an. Sagte lange nichts. „Warum hast du nicht früher was gesagt, ich meine ..."

Karl schüttelte den Kopf. „Du hast mich verstanden", sagte er und Heiner drehte sich um und schlich wie ein geprügelter Hund die Treppe hinunter.

Er ging Else aus dem Weg und sie merkte sehr schnell, dass da etwas in der Luft lag. Fünf volle Tage lang hatte er sich ihr entziehen können, aber dann wurde ein Länderspiel im Fernsehen übertragen, das Karl sehen wollte. Heiner verschloss gerade seine Hütte, als Else ihn ansprach.
„Ich warte auf dich im Strandkorb", sagte sie und er folgte ihr.

Die „Vierzehn" stand – wie jedes Jahr – so weit wie möglich dem Meer zugewandt. Heiner setzte sich neben Else, die nicht zur Seite rückte, sodass er sich eng an sie quetschen musste. Sie saßen nebeneinander und schwiegen – minutenlang.
„Was ist denn los?", fragte sie dann und er legte seine Hand auf ihren Schenkel. Leute gingen vorbei und sahen verstohlen zu ihnen hin.
„Karl weiß Bescheid", sagte er leise und sie sah ihn erschrocken an. Sie hatte ihr Geheimnis sicher gewähnt.
Else schob ihren Arm um ihn und küsste ihn sanft, was er erst nach einer Weile erwiderte. Ihr Gehirn arbeitete wie ein Computer und entwarf Lösungen und Abwägungen, aber ihr war sofort klar, dass dies das letzte Treffen mit Heiner war.
Nein, sie liebte Karl schon lange nicht mehr, sondern lebte neben ihm – aber Heiner liebte sie eben auch nicht oder jedenfalls nicht so, dass er eine Alternative gewesen wäre.

Am Strand lag etwas Weißes und nach einer Weile erkannte Heiner, dass es die Reste einer toten Möwe waren, die die Wellen hin und her warfen. Es schien ihm ein Sinnbild zu sein.

„Tja, Else", sagte er nach einer Weile, „das war's dann wohl."

So saßen sie noch eine Zeit lang. „Ich werde Karl sagen, dass ich zurück nach Hause muss. Irgendwas mit einer Freundin im Krankenhaus oder so. Wir werden nicht wiederkommen. Oh, Heiner!"

Jetzt weinte sie und Heiner gab ihr sein Taschentuch. Sie stand auf.

„Es war eine schöne Zeit", meinte sie und Heiner sah zu der toten Möwe hin. Dann war Else weg.

Er lehnte sich zurück und die „Vierzehn" quietschte. Dann kam ihm plötzlich ein Gedanke. Wenn es schon mit Else zu Ende war, dann hatte auch die „Vierzehn" ausgedient. Sonst würde er immer an sie erinnert werden.

Aber es musste ein spektakuläres Ende sein! Er stand auf und ging in seine kleine Wohnung. Auf dem Bord standen einige Bücher, nicht viele, aber sie waren oft gelesen. Er zog eines heraus, wollte sich nur vergewissern. Wie hatten die das gemacht? Ah, da stand es. Zur Sicherheit schrieb er es auf. Nachts, wenn der Strand leer sein würde …

Karl war nicht besonders überrascht. Eigentlich hatte er schon die ganze Zeit darauf gewartet, seitdem er mit Heiner Klartext geredet hatte. Elses Begründung für ihren Heimreisewunsch überging er einfach.

„Klar, Schatz, morgen fahren wir. Kein Problem."

Else legte sich zu ihm aufs Bett und sah mit ihm den Rest des Fußballschlachtfestes, das Yogi Löws Leute mit den Kasachen anstellten.

Wie zum Hohn strahlte die Sonne am Morgen so wie die ganze bisherige Woche nicht. Else und Karl frühstückten vor ihrer Abreise auswärts im Café Dierksen.
Es gab einiges zu tun an diesem Vormittag und gegen Mittag kam Karl zu ihm in die Strandhütte.
„Hier." Karl wusste, dass er nichts erklären musste, und wollte das auch nicht. Heiner nahm die drei Hundert-Euro-Scheine, die Karl ihm hinhielt. Auch er wollte nichts mehr sagen.
„Tja, dann ...", sagte Karl und ging.
Als der Mercedes anrollte, sah Heiner ihm nach. Das Letzte, was er von Else sah, war ihre Hand, die ihm aus dem geöffneten Fenster zuwinkte.

Heiner fuhr zum Landhandel um Gartendünger zu kaufen. Es gab nur Großgebinde und der Sack war scheußlich schwer, aber Heiner schaffte es, ihn in seinen Kombi zu hieven. Er hatte leine rechte Vorstellung von der Menge, die er brauchen würde, aber wenn schon, denn schon! Er hielt bei der Tischlerei und kaufte einen großen Plastikbeutel Sägemehl.
„Dekomaterial...", antwortete er Lorenz, als der fragte, wofür das denn sei... Der Tischler lachte. Bei der Tankstelle füllte er zwei Kanister mit Dieseltreibstoff...
Heiner schwitzte. Der Beschreibung nach konnte noch nichts passieren. Eigentlich ... In seiner Maurerbütt verrührte er mit

15

dem Spaten Dünger, Sägemehl und Dieseltreibstoff zu einer grünlichen, übel riechenden Pampe.

Noch ein bisschen Sägemehl ... Okay, so sollte es stimmen, wenn der Schriftsteller nicht gelogen hatte. Heiner formte drei brikettförmige Barren und legte sie zum Trocknen auf den Rasen. Dann holte er die Böller, die er noch vom letzten Silvester übrig hatte, und schnitt sie auf.

Sein selbst gemischter Sprengstoff würde sich nicht einfach so entzünden lassen. Den Inhalt eines Böllers, nun ein Häufchen Schwarzpulver, zündete er auf einer Untertasse an. Es zischte und gab eine blendende Stichflamme – explodieren konnte es nicht wegen der fehlenden Umhüllung. Mit dem Inhalt des nächsten Böllers testete er die Zündung.

Ein Stück Kabel, die freien Enden zusammengedreht im Pulver. Eine Batterie. Heiner hielt beide Enden an Plus und Minus ... Stichflamme! Ja, es klappte.

Sie kamen bis zur Autobahnauffahrt. Es vibrierte am Lenkrad und im Display erschien die Meldung: „Reifendruck überprüfen!"

„So ein Mist!", schimpfte Karl.

Auf den ersten Blick konnte man nichts sehen. Der Hightec-Reifen hatte ein Notsystem, mit dem man zur nächsten Werkstatt fahren konnte. Die kleine Werkstatt am Ortsrand hatte diese Reifen nicht vorrätig. „Kann aber ein paar Stunden dauern", sagte der Besitzer.

Karl und Else gingen zu Fuß zurück zum Strand und vertrieben sich die Zeit in Scharbeutz. Sie aßen bei „Herzberg", tranken Kaffee in der „Bastei" und warteten auf den Anruf der Werkstatt. Als der kam, konnte Karl es nicht glauben.

„Wie bitte? Morgen erst?"

Kein Großhandel in der Nähe hatte diese Reifen auf Lager. Sie nahmen ein Zimmer im Hotel Göttsche, denn zurück zu Heiner wollten sie nicht. Den Abend verbrachten sie vor dem Fernseher.

„Ich mach noch einen Spaziergang", sagte Else und Karl nickte.

Sie ging am Strand entlang und war plötzlich in Haffkrug. Es war fast dunkel, aber der Mond schien etwas und plötzlich stand dort die „Vierzehn". Allein am Strand, ganz dicht am Wasser. Sie setzte sich hinein und zog die Jacke fest um sich, denn es wurde kühl. Heiner ..., dachte sie wehmütig.

Alles war bereit. Eben hatte er sich noch eine Flasche Wein geholt. Es sollte ja ein „Begräbnis erster Klasse" werden. Der Strand war leer. Kein Grund, länger zu warten. Er hatte sich eine Geschichte für die Polizei zurechtgelegt, die sicher schnell vor Ort sein würde. Ein Dummejungenstreich, Rowdys – irgend so was wollte er ihnen sagen. Sie würden ihm schon glauben.

Er nahm die Kabelenden zur Hand, um sie an die Batterie zu führen.

„Hallo Heiner, hast du Else gesehen?"

Heiner zuckte zusammen. Ungläubig sah er Karl an, der doch am Mittag abgefahren war.

„Reifenpanne", erklärte Karl. „Else macht noch einen Rundgang." Neugierig betrachtete er die auf dem Boden liegenden Utensilien. „Was machst du da?"

17

„Ich jage die ‚Vierzehn‘ in die Luft", sagte Heiner.

Karl verstand. „Darf ich?", fragte er.

Heiner sah ihn erstaunt an. Dann reichte er Karl die Weinflasche, aus der dieser einen tiefen Zug nahm. Heiner trank auch, dann hielt er Karl den Draht hin.

„Da und da", erklärte er.

Karl zögerte nicht lange.

Seit Kriegsende hatte es in Haffkrug nicht so einen Knall gegeben. Später würde man lesen, dass in einhundert Metern Umkreis fast alle Scheiben zu Bruch gegangen waren, abgesehen von allem anderen, was kaputt gehen konnte.

Eine Zeit lang lagen Heiner und Karl taub und ohnmächtig im Sand.

Karl erwachte als Erster und sah den Unterarm neben sich liegen. An den Fingern die Ringe und am Handgelenk die Cartier-Uhr, die er seiner Frau erst vor zwei Wochen geschenkt hatte. Qualitätsarbeit, denn der Zeiger lief noch.

Nur der Unterarm lag da – ohne Else daran.

Und Karl schrie …

Gebratene Heringe

Er hatte ziemlich schlecht geschlafen. Evas warmer Hintern drückte sich an seinen Schenkel und er bekam eine Erektion. Langsam strich seine Hand über ihren Oberschenkel und sie drehte sich etwas auf ihn zu und ein paar undefinierbare Laute kamen aus ihrem Mund. Richard war kurz davor, sich an ihrem Nachthemd zu schaffen zu machen, es ein wenig höher zu schieben.............Dann erschien plötzlich Marlies vor seinem geistigen Auge. Marlies, wie er sie zuletzt gesehen hatte. Nackt...., im Schein der funzeligen Nachtischlampe des kleinen Hotels in der Kölner Altstadt. Richard war oft in Köln. Die Geschäftspartner seiner Firma hatten dort ihren Hauptsitz und schätzten persönliche Verhandlungen. Sonst war Eva immer mit nach Köln gekommen, weil man dort ungleich besser einkaufen konnte als in Neustadt/Holstein. Diesmal hatte sie einen Zahnarzttermin gehabt und nun gab es eben Marlies......... Richard nahm vorsichtig seine Hand von Evas Schenkel und rückte etwas ab. Durch die Gardine drang das erste bisschen Licht des beginnenden Morgens und er wusste, dass er nun sowieso nicht mehr einschlafen würde. Also schickte er seine Gedanken zurück zu Marlies, die an der Theke der kleinen Hotelbar gesessen hatte, wo er nach mühsamen Verhandlungen noch einen Absacker nehmen wollte vor dem Zubettgehen. Komischerweise konnte Richard sich nicht genau erinnern, wie sie ins Gespräch gekommen waren. Marlies war fast zwanzig Jahre jünger als er und Teilnehmerin eines Betriebsräte-Seminars. Richard hatte schon vorher einiges getrunken beim Essen mit seinem Geschäftspartner........aber Richard wusste, dass es auch so passiert wäre. Sie hatte es ihm leicht gemacht. Vielleicht war sie darauf aus gewesen, um es jemandem heimzuzahlen..., wer weiß... Frauen sind so. Er hatte, nicht zuletzt wegen des hohen Alkoholpegels, etwas Schwierigkeiten mit seiner Männlichkeit gehabt, aber ihr Mund hatte Wunder gewirkt- mit Worten und dann auch Taten. Richard erschauerte, wenn er daran dachte. „Das" hatte Eva nie mit ihm gemacht, weil sie sich „davor" ekelte. „Guten Morgen Ricki", murmelte Eva, die nun auch aufgewacht war. Sie kuschelte sich in Richards Arm und so lagen sie noch eine kurze Weile im warmen Bett, während die aufgehende Sonne durch die Gardinenlücken Muster auf die Zimmerdecke malte. Schließlich seufzte Eva, die sehr wohl die Hand auf ihrem Schenkel gespürt hatte und sich etwas mehr erhofft hatte, schlug resolut die Decke zurück und setzte sich auf. „Ich mach uns mal Kaffee", sagte sie wie jeden Morgen und stand auf. Richard sah ihr zu, wie sie sich das Nachthemd abstreifte und sich bückte, um Unterwäsche aus der Schrankschublade zu nehmen. Ihr fülliger, schon etwas welker Körper, der Hängebusen, die blauen Linien der Krampfadern auf ihren Beinen... Richard schloss die Augen und versuchte Marlies zurück zu holen... „Traum und Wirklichkeit", dachte er. Eva hatte sich angezogen und rumorte in der Küche und er seufzte und ging ins Bad. Es war Samstag und der „Plan" sah vor, dass sie, wie jeden Samstag im Sommer, der auch nur einigermaßen gutes Wetter bot, zum Yachthafen fahren und dann mit der „Evita", ihrer Segelyacht, nach Niendorf fahren, und dort gebackenen Fisch am Verkaufsstand der Fischereigenossenschaft essen würden.

Dazu ein obergäriges frisches Bier der lokalen Brauerei. „Du bist heute so einsilbig........", beklagte sich Eva, die Richard in ihrer langen Ehe selten so wortkarg erlebt hatte. „Mir ist nicht ganz gut", hatte er erwidert und sie hatte angeboten, diesmal Zuhause zu bleiben. „Nein, nein", wehrte Richard ab. „Geht schon. Das Segeln wird mir gut tun."   So waren sie gefahren, wie wohl mittlerweile dreihundert Mal zuvor. „Marlies.....", dachte Richard und seine Laune sank noch weiter. Wie es wohl wäre, mit ihr ... „Unsinn", schalt er sich. Er war sich seines Alters ziemlich bewusst und das er und Marlies... „Ausgeschlossen!" Er versuchte ihr festes Fleisch aus seinem Kopf zu vertreiben.   Aber es ging nicht.   Der Parkplatz am Hafen, der Weg über den Vorplatz...,alles wie immer und doch irgendwie fade und langweilig. „Ist das mein Leben?" dachte er, während Eva auf ihn einplapperte, Klubkollegen ihn grüßten, die er mechanisch zurückgrüßte. Einzig der immer wieder atemberaubende Anblick der offenen Ostsee, die über der Steinmole zu sehen war und die kleine Wellen zeigte, auf denen Sonnenpfade verliefen, hob seine Stimmung und er machte sich daran, die „Evita" vorzubereiten. „Evita" war eine Schönheit. Vom Typ her eine Etap28, eine kleine handliche Segelyacht, die sie sich vor einigen Jahren gekauft hatten. Praktisch, leicht zu handhaben und mit einem gewissen Chic und- wie der Prospekt behauptete- unsinkbar durch den vielen PU-Schaum, der in jeden Hohlraum gespritzt worden war. Deckseiten und Cockpit mit glänzenden Mahagoniestäben belegt. Der Rest eierschalenfarbiger Kunststoff. Alumast mit Rollfock-Anlage. Richard hatte Prospekte auf seinem Schreibtisch, die die Vorteile einer ebenfalls für das Großsegel arbeitenden Reffanlage anpriesen, aber davon hielt er nicht viel. „Komm, beeil Dich", mahnte Eva, die bereits das Schiebeluk geöffnet hatte und den Korb mit Getränken und Keksen die drei gefährlich steilen Stufen in die Kajüte hinab bugsierte. „Sonst kriegen wir in Niendorf wieder keinen Platz am Steg." Richard grunzte. Ihre ständige, jeden Samstag wiederholte Mahnung „Sonst kriegen wir keinen Platz am Steg..."

Als wenn das Wohl und Wehe davon abhänge, einen Platz am Steg zu erhalten. Aber Eva hätte sagen können, was sie wollte. Heute wäre alles falsch gewesen. „Trotzdem...", dachte Richard und beschloss das Beste aus dem eigentlich sehr schönen Tag zu machen. Er startete den Diesel und Eva löste mit der Routine ihres langen Vorschoter-Daseins die Vorleinen, die sie umsichtig auf Slip gelegt hatte. „Evita" nahm langsam Fahrt nach achtern auf und Richard, war froh, dass die Seitenwind anfällige Etap nicht gegen ein Nachbarboot gedrückt wurde. Aus der gegenüber liegenden „Ancora-Marina" quoll ein ständiger Strom Boote aller Größen und Fabrikate und Richard musste scharf aufpassen, um sich in der engen Hafeneinfahrt einordnen zu können. Direkt vor ihnen schor eine große weiße Bavaria42 in das Fahrwasser ein. Der Skipper am großen Steuerrad bedachte ihn mit einem kurzen Blick und man nickte sich zu. „Charterboot...", dachte Richard verächtlich, musste aber insgeheim zugeben, dass er auch gern mal so eine Bavaria segeln würde.

Direkt hinter der Einfahrt suchte sich Richard eine freie Wasserfläche, ging in den Wind und Eva übernahm das Ruder, während er Hand über Hand das Großsegel setzte und mit einem gekonnten Knoten am Mast belegte. Eva war überrascht als er sie bat, am Ruder zu bleiben, freute sich aber offenbar über die seltene Aufgabe. Geschickt ging sie an den Wind und die Etap nahm gehorsam Fahrt auf. Richard löste jetzt die Reffleine und ließ die Rollgenua fast ganz heraus. Das Ergebnis war ein zunehmendes Gurgeln am Heck und das Rauschen der Bugsee, die der scharfe Bug beim Zerteilen des Wassers erzeugte. Sanft legte sich das Boot auf die Seite, so dass die Wasseroberfläche in Lee nur wenig unter der Reling zu sein schien. Eva machte das gut, musste Richard zugestehen. Ihr Gesicht strahlte und das machte sie attraktiv mit ihrer großen Sonnenbrille, und dem grellroten Pullover, den sie immer beim Segeln trug. Um den Hals hatte sie die automatische Rettungsweste gelegt, die unter der Brust von stabilem Gurtzeug mit einem stählernen Ring befestigt war. Bei viel Wind konnte man dort ein Seil einhaken, das vor dem Überbordgehen bewahren würde. Jetzt war wenig Wind. Richard selbst lehnte es ab, eine Rettungsweste zu tragen, weil er das „unmännlich" fand. Ungefähr so, wie lange Unterhosen tragen. Sie rauschten an der gemächlich und sehr aufrecht segelnden Bavaria vorbei. Richard sah mit einem spöttischen Grinsen, dass der „arme" Skipper drei Damen im Cockpit sitzen hatte, die schon Weingläser in der Hand hielten und damit ja nichts verschüttet wurde, hatte er nur das Großsegel gesetzt und fast ganz aufgefiert. Irgendwie schien ihm das aber zu gefallen, denn er hatte auch ein Glas Rosewein. Eine der Frauen, eine schon ältere mit offensichtlich schwarzgefärbten Haaren und grellrot überschminkten Mund lachte grässlich schrill und zerstörte die Ruhe des Vormittags.

Richard wandte sich ab. „Marlies...", dachte er wieder. Ob Eva wohl auch bald so aussehen würde wie die Frau auf der

Bavaria? Er schüttelte sich. „Ist Dir kalt?" fragte Eva promt. „Ne, ne. Musste nur grad an was denken", gab Richard zurück.

Sie fanden einen Platz im Niendorfer Vereinshafen und schlenderten an der Galerie und den Fischkuttern vorbei auf die andere Hafenseite. Vor der Fischklappe stand eine kleine Schlange an und sie mussten warten. „Wir nehmen Pangasius, wie immer", bestimmte Eva. „Ich hol schon mal Bier und such einen Platz." Seit Jahren nahmen sie Pangasius. Es gab hier riesige Portionen und sie waren dazu übergangen, nur eine Portion zu kaufen und zu teilen. Früher war das hier ein Geheimtipp gewesen, aber nun...

Die Ausflügler aus Hamburg und Lübeck kannten diesen „Geheimtipp" alle. Richard seufzte und dachte wieder an Marlies. An ihren Mund...

Die Bavaria kam in den Hafen und Richard musste neidlos anerkennen, wie geschickt der Skipper sie neben zwei anderen Booten anlegte. Die Damen kletterten mühsam über die anderen Boote an Land und die komische schwarzgefärbte lachte wieder. „Was kann ich für sie tun?" fragte die leicht verduzte Dame hinter der Kasse, die Richard nun zum zweiten Mal ansprach. „Eine Portion Pangasius mit Kartoffelsalat, wie immer", wollte Richard sagen, aber heraus kam „gebratene Heringe mit Speckkartoffelsalat, bitte." „9 Euro 80 !" sagte die Frau und Richard zahlte, sich bewusst, dass da etwas passiert war mit ihm. Marlies, und dann noch das abschreckende Beispiel dieser Bavaria-Tante...

Er sah zu Eva hinüber, die an einem der Biertische saß, vor sich zwei Humpen voller leckerem frischem Bier. Ähnelte sie nicht bereits der Schwarzhaarigen? Richard wandte sich ab und sah zu, wie der Koch...na ja. Koch konnte man den wohl kaum nennen. Es gab hier nur Backfisch und Kartoffelsalat. Auf einem langen von unten befeuerten Metallblech wurden die Fische von links, wo sie von einem Mitarbeiter durch eine große Schüssel mit eingedicktem Bierteig gezogen und auf das heiße Blech gelegt wurden, Stationsweise nach rechts geschoben, wobei sie mehrfach gewendet wurden. Der Oberwender begutachtete am Ende des Bleches den Bräunungsgrad und legte das fertige Produkt auf Teller, auf die dann ein weiterer Mitarbeiter großzügig Kartoffelsalat aus großen Eimern klatschte und mit einer halben Zitrone und etwas Petersilie verzierte.

„Nummer 38!" brüllte er und Richard nahm seine Platte mit den knusprigen Heringen und drehte sich um. Dabei streifte er beinahe den Skipper der Bavaria, der hinter ihm stand und ihn nun missbilligend ansah. „Verzeihung", murmelte Richard und drängte sich zu Eva durch, der schier die Augen aus dem Kopf fielen als sie sah, was Richard da brachte. „Pangasius war aus", knurrte Richard, der sich seine Revolution nicht zerreden lassen wollte. Eva maulte, was sie in Richards Augen nicht schöner machte. Sie begann vorsichtig und immer noch missbilligend mit ihrer Gabel die Heringe zu bearbeiten, die auf einer Platte zwischen Eva und Richard lagen. „All die Gräten, und dann noch Speckkartoffelsalat", meckerte sie. Richard aß wenig, sprach aber dem Bier zu und holte sich bald darauf ein zweites.

Während seiner Abwesenheit hatte sich ein anderes Paar an den Tisch gesetzt und die hatten jeder eine Portion Pangasius vor sich stehen. Eva sah ihn vorwurfsvoll an. Die Heringe waren nicht schlecht gewesen, aber sichtbar nicht ihr

Ding. „Soso", zischte sie ihm leise zu. „Pangasius war ausverkauft!" Richard zuckte die Schultern. Sie gingen um den Hafen zurück zu ihrem Boot. Ein Meter Distanz auf dem Weg zwischen sich „aber wie viel in Wirklichkeit?" dachte Richard. Eva spürte seine Stimmung, verdrängte aber wie gewohnt und versuchte ihn mit kleinen Gesten und Geschichten abzulenken. Auf den Gedanken, dass ihr Richard mit einer anderen Frau?... Wenn sie es gedacht hätte, wäre es ihr abwegig vorgekommen. Sie legten ab und Richard steuerte etwas weiter als gewohnt in die Bucht hinaus. Leichte weiße Schaumkronen auf den Wellen zeigten an, dass der Wind zulegt hatte und die „Evita" schaukelte. Die meisten Boote liefen dichter unter Land und im Moment waren sie hier, zwischen Land und Fahrrinne nach Travemünde, die einzigen. Eva hatte noch im Hafen Kaffee gekocht auf dem Gasherd in der Kajüte und kam nun mit zwei Bechern und der Thermoskanne in den Händen nach oben. „Ich glaube, ich leg mal die Sicherheitsleine an", sagte sie und stellte Becher und Kanne auf den Boden. Richard sah sie an und handelte wie im Trance. Eva hatte plötzlich das Gesicht dieser Schwarzhaarigen und lachte schrill...
Er stieß die Pinne von sich und die ziemlich schnell fahrende Etap drehte mit dem Heck durch den Wind. Es knallte und riss am Rigg und in einer Zehntelsekunde krachte der Baum auf die andere Seite, alles mit sich reißend was da im Weg stände. Eva stand da... und das hatte Richard gewusst, als er die Yacht in die Halse trieb. Schreck durchfuhr ihn! Was hatte er getan...

Blitzschnell zog er die Pinne abermals herum, bis der Bug in den Wind wies. Er sprang zum Mast, riss das schlagende widerspenstige Großsegel herunter, das sich ihm entwand, weil die große Genua den Wind fing und den Bug wegdrehte. Richard kämpfte wie ein Löwe und wäre selbst beinahe über Bord gegangen. Die verdrehte Genua ließ sich nicht mehr einrollen und es gelang ihm nach Minuten, sie provisorisch mit Bändseln einzubinden. Nun erst startete er den Motor und drehte einen Halbkreis. Direkt vor sich sah er schemenhaft etwas rotes zwischen zwei Wellen und fuhr darauf zu. Seine Gedanken rasten. „Eva...,mein Gott. Ich liebe Dich doch...", keuchte er und ließ die „Evita" neben ihr aufstoppen. Sie lebte. Ein Arm hing kraftlos neben ihr, aber der andere vollführte kleine Paddelbewegungen. Sie war in Panik. Ihr Mund öffnete und schloss sich. „Hol mich raus!" schrie sie. Richard gab etwas Gas, um die Badeplattform hinten am Heck des Bootes neben sie zu bringen. Eine Welle schlug gegen die Bordwand und plötzlich war Eva unter dem Boot und als sie wieder auftauchte, war das Wasser um sie rot und sie schrie und wand sich in ihrer Schwimmweste. Richard hatte die Schiffsschraube nicht ausgekuppelt und die scharfen rotierenden Schraubenflügel hatten ihren Rücken und ihre Beine aufgerissen.
Richard war nicht geschockt. Im Gegenteil. Er sah vor sich, was ihn erwartete. Eva, behindert und im Rollstuhl und sich selbst, wie er ihr die Windeln wechseln und sie auch sonst versorgen musste. Sie hing jetzt bewegungslos in ihrer Schwimmweste. Eine Welle drehte sie und er sah ihren wie mit einem Messer aufgeschnittenen Rücken und das Weiß der zerschmetterten Wirbelsäule. Immer noch war niemand in der

Nähe. Das Boot trieb nun so, dass Eva in der windabgewandten Seite war und relativ ruhig im Wasser lag. Jetzt hätte Richard den Bootshaken nehmen, die gebogene Spitze durch den Ring an Evas Schwimmweste schieben, und sie zur Badeplattform bugsieren sollen. Langsam löste er die Bändsel des Schrubberstieles, der neben dem Bootshaken am Achterstag befestigt war. Eva drehte sich wieder und stieß ein paar Worte aus. Langsam und fast behutsam stellte Richard den Schrubber mit der breiten Seite auf ihre Brust und drückte sie unter Wasser............

Dann, zehn Minuten mochten wohl vergangen sein, zog er sie zum Heck und band ein Seil an den Ring. Eva hing kopfüber mit dem Gesicht im Wasser und ein paar Haarsträhnen umwallten den Kopf...
Richard sah sich um. Die große Bavaria war nicht allzu weit entfernt und auch ein Motorboot tuckerte in seine Richtung. Er kletterte in die Kajüte, schaltete das Funkgerät an und machte zehn Kniebeugen, die ihn außer Atem brachten. Er nahm das Mikrofon, drückte die Sendetaste und japste „Hilfe...Mayday, Segelyacht „Evita" Bitte helft mir..." Er ließ das Mikrofon fallen und nahm die Leuchtkugel-Pistole mit an Deck. Der rote Stern zerplatzte hoch über der tanzenden Yacht und er sah, dass die Bavaria schnell näher kam.

Ellen Hamann bekam einen Anruf von Manuel Drewitz. Drewitz hatte den Job des Ermittlers mehr zufällig bekommen, weil sonst niemand in der Versicherung ihn haben wollte. Der füllige, eher behäbige Mittfünfziger war eigentlich Sachbearbeiter gewesen, gewohnt um acht Uhr seinen Schreibtischstuhl zu besetzen und um siebzehn Uhr wieder aufzustehen. Er war von einer anderen Gesellschaft zur „Seaguard" gewechselt, ursprünglich eine englische Versicherungsgesellschaft für Schifffahrt und Wassersport, die in Lübeck eine Filiale eröffnet hatte. Nun winkte ihm wieder sein alter Job am Schreibtisch und deshalb musste er diese Frau Hamann möglichst schnell einarbeiten.

Sie trafen sich am nächsten Tag in seinem Büro. Ellen hatte hier keines und würde auch nie eins bekommen. Der Verwaltungsmensch, der ihr ihren Vertrag gab hatte betont, dass sie als „freier Mitarbeiter" geführt wurde und neben einem kleinen Fixum Provisionen für aufgeklärte Fälle erhalten würde und das hatte sich bei ihrem Vorstellungsgespräch noch ganz anders angehört. „Trotzdem...", dachte sie. „Ich bin erst mal wieder im Job." „Ist wirklich nichts dran an dem Fall", sagte Drewitz und schob ihr den Hefter über den Tisch. „Evita" stand auf dem Deckel. „Die Frau des Eigners ist bei einem Unfall ums Leben gekommen und er hatte bei uns eine Insassen-Unfallversicherung. Sie sehen ja", er wies auf den Hefter, den Ellen schon durchblätterte. „Polizei und Küstenwache haben keine Hinweise auf Fremdverschulden oder Fahrlässigkeit ermittelt. Wir zahlen, und fertig. Ich wäre da nicht mal hingefahren, aber... Der Boss will, dass sie bald allein arbeiten." Er wies auf seinen Schreibtisch „Ich werde hier dringend gebraucht." Selbstzufrieden lehnte er sich zurück und lies Ellen lesen. Als ihm das zu lange dauerte sagte er „Sie können den Schmöker mitnehmen, Wir fahren morgen zusammen nach Neustadt und überreichen dem „Begünstigten" seinen Scheck. So was macht sich gut." Ellen sah ihn an, als er diese Versicherungsfloskel gebrauchte. „Nach dem was ich hier lese, ist der gar nicht so „begünstigt" Hat immerhin seine Frau verloren", sagte Ellen. „Ja ja", winkte Drewitz ab. „Morgen um Zehn. Seien Sie pünktlich hier."

Ellen war froh als sie aus dem Büro war. „Was für ein Arschloch...", dachte sie. Sie hatte nichts vor an diesem Nachmittag, setzte sich in ein Cafe und las sorgfältig die Akte durch. Sie hatte eine lange Zeit keine Akte mehr gelesen und die wenigen Fakten waren unspektakulär, aber das schien nun ihre Zukunft zu sein. Sie zahlte, und fuhr nach Neustadt. Zweimal musste sie nach dem Weg fragen und beschloss sich beim nächsten Sonderangebot einen Navi zu kaufen. Sie hatte nur mal sehen wollen, wo der „Begünstigte" wohnte und parkte den Polo auf der anderen Straßenseite. Ein kleines Haus, gepflegter langweiliger Vorgarten, mehr war nicht zu sehen. Sie wollte gerade den Motor anlassen und nach Hause fahren, als ein dunkler Opel-Kombi in die kleine Straße einbog und in der Auffahrt des „Begünstigten" hielt. Der nicht mehr ganz junge Mann trug dunkle Kleidung und half einer wesentlich jüngeren schlanken Brünetten aus dem Auto. Sie sah sich um wie jemand, der zum ersten Mal an einen Ort kommt. Der Mann nahm einen Koffer von den Rücksitzen und ging zur Tür. „Kommst Du, Marlies?", sagte er und die Frau folgte. Ellen wusste nicht, wer er war. Es waren keine Fotos in der Versicherungsakte und deshalb dachte sie sich nichts dabei als er aufschloss, die Tür öffnete und sie küsste. Die Haustür fiel zu und Ellen fuhr los. Schade, dass sie den Witwer nicht gesehen hatte.

Sie dachte, trotz seiner Banalität, über den Fall nach, während sie auf die Autobahn bog und Gas gab. Ihr Handy summte und sie nahm das Gespräch an, etwas, was sie sonst während der Fahrt nicht tat, aber auf der Autobahn reichte eine Hand zum fahren. „Hallo Ellen, Lust auf Spazieren oder einen Drink?" fragte Micha. Sie freute sich ehrlich seine Stimme zu hören, denn sie hatten sich seit einer Woche nicht gesehen. Zehn Minuten später parkte sie ihren Wagen auf dem ETC Parkplatz in Timmendorf. Er hatte schon einen Tisch vor dem „Cafe Wichtig" erobert und sie küsste ihn zur Begrüßung auf die Wange und setzte sich. „Einen Prosecco", sagte sie als der Kellner kam. „Wie geht's Dir?" fragte er und sie berichtete von ihrem ersten „Fall". Er nickte. „Hab davon in der LN gelesen. Tragisch. Bekannte von mir waren auf dem Boot, das zuerst an der Unfallstelle war", meinte er und sie sah interessiert auf. „Haben die was Besonderes bemerkt?" fragte sie leichthin und der Schriftsteller schüttelte den Kopf. „Rolf Hengst, mein Bekannter sagt, der Skipper war völlig durch den Wind. Hat sich ein bisschen gewundert, dass die Frau über Bord gegangen ist. Er sagt, es war nicht viel Wind. Na ja. Unglück schläft nicht." Ellen sah ihn an. Er hatte sich während ihrer „schlimmen Zeit" rührend um sie gekümmert und sich auch nicht abschrecken lassen, als sie ihm deutlich gemacht hatte, dass sie „Nichts von ihm wollte" Er wusste, dass sie so kurz nach dem schrecklichen Unfall und ihrer Trennung nicht bereit sein konnte, aber vielleicht...

Micha trank einen Schluck Pinot Grigio. Hast Du was von Udo gehört?" wechselte er das Thema und sie nickte. „Wir haben alles notariell geregelt. Kein Stress. Der Anwalt sagt, so in drei Monaten kriegen wir einen Termin." Micha nickte. Er kannte das. „Ich glaube, er hat eine Neue...", sagte Ellen. „Er hat mir nichts erzählt, aber ich spür das. War richtig aufgedreht bei unserem Treffen." Micha nahm ihre Hand und sie ließ es zu. „Keine schlechte Medizin für gebrochene Herzen, so eine neue Liebe..." Er sah sie an und warf ihr einen Luftkuss zu und sie dachte „Vielleicht,.. wenn Du Geduld hast..."

Richard Meindrat öffnete die Tür und Manuel Drewitz grinste ihn mit seinem Vertreterlächeln an. „Drewitz, „Seaguard" Versicherung", sagte er. „Meine Kollegin Hamann." Er deutete mit dem Kopf nach schräg hinter sich, wo Ellen stand und in deren Kopf begannen sich gerade Rädchen zu drehen. Richard sah sie fragend an und Drewitz sagte „Dürfen wir Sie kurz belästigen?" und machte einen Schritt auf Richard zu, so das dem nichts übrig blieb, als den Weg freizugeben. Ellen folgte Drewitz und nickte Richard, der in der Tür stehen geblieben war, kurz zu. Aus den Augenwinkeln sah sie den Schatten einer Frau, die die Tür eines Nebenzimmers hinter sich schloss. Richard war hinter ihnen her gekommen und Drewitz, der keine Lust hatte lange zu bleiben sagte „Ich habe eine erfreuliche Mitteilung für sie." und zog einen Din A5 Umschlag aus seiner Aktentasche, aber nun hatte Ellen genug und griff ein. „Mein Kollege meint.., Ich meine, wir möchten Ihnen nochmals unser tiefempfundenes Beileid aussprechen."

Drewitz sah sie irritiert an. „Natürlich, natürlich..." übernahm er wieder das Kommando. „Beileid... Natürlich, aber das Leben muss ja weitergehen, nicht wahr?" Er sah Richard, der noch keinen Ton gesagt hatte, beifallheischend an.

„Tja", meinte er dann, als der nicht regierte sondern betreten Ellen ansah. „Unsere Gesellschaft..., also, ich überreiche Ihnen hiermit den Scheck über die Versicherungssumme von ähhh," Er hatte den Umschlag geöffnet und sah noch einmal auf die Zahl, die auf dem Scheck stand. „50.000Euro. Bitte sehr." Er drückte dem ziemlich sprachlosen „Begünstigten" den Scheck in die Hand, der Ellen nun doch etwas leid tat. Die Rädchen in ihrem Kopf waren längst zu dem Ergebnis gekommen, dass hier etwas nicht stimmte, denn der Mann vor ihr, der „Begünstigte" hatte gestern die junge Frau, deren flüchtigen Schatten sie eben gesehen hatte, liebevoll geküsst und der Tod seiner Frau war noch keine vier Wochen her. Drewitz fühlte sich nun doch ein bisschen unwohl in seiner Rolle und drängte auf Aufbruch. „Sie verstehen...", sagte er. „Wir haben noch einen Termin" und hielt Richard Meindrat seine Hand hin, die der aber nicht annahm. Ellen hatte sich derweil umgesehen. Überall die Spuren einer Frau....... Auf dem Weg zum Auto drehte sie sich kurz um und sah gerade noch, wie eine Gardine hastig zugezogen wurde. Sie stiegen in Drewitz BMW, mit dem sie gekommen waren. „Hören Sie", sagte Ellen „Da stimmt was ganz und gar nicht. Haben Sie nicht bemerkt, wie nervös der war? Und dann die junge Frau im Haus, kaum dass die alte tot ist..."

Drewitz sah sie entgeistert an. „Was für eine Frau?" fragte er und Ellen erzählte ihm von ihrer gestrigen Fahrt nach

Neustadt. Drewitz schnaubte und drängte sich brutal in den Verkehrskreisel am Ortsausgang, so dass zwei andere Autos bremsen mussten und hupten. „Jetzt hören Sie mir mal zu, Frau Neunmalklug! Sie sind hier nicht mehr bei der Polizei und das ist „mein" Fall. Sie sollten mich nur begleiten, um was zu lernen." „Phhhh", machte er noch und fuhr schweigend ein Stück bevor er weiter redete. „Hab keine Frau gesehen da und selbst wenn... Geht uns gar nix an." Ellen hatte stumm zugehört und sagte auch nichts, als Drewitz sie ansah. „Vielleicht haben Sie sogar recht und da ist was unterm Teppich, aber das ist Sache der Polizei. So, nichts für ungut, Frau Hamann. Ich bin da jetzt raus und beim nächsten Mal machen Sie wie Sie wollen. Soll ich Sie irgendwo absetzen? „Am Hostentor, bitte" antwortete Ellen und stieg grußlos aus, als er hielt. „Blöde Gans", murmelte er und „So ein Idiot", dachte sie.

Micha tröstete sie am Telefon und wollte sie einladen „Ich mach überbackenen Brokkoliauflauf" und dann erinnerte er sich. „Oh entschuldige..." wie wär`s, wenn wir uns in der „Alten Vogtei" in Travemünde treffen?" und damit war sie einverstanden und nachdem sie aufgelegt hatten dachte er „Irgendwann kann sie vielleicht mal wieder nach Scharbeutz kommen..." und sah auf die Ostsee hinaus.

Richard Meindrat segelte nie mehr. Er verkaufte die „Evita" und das Haus in Neustadt. Er zog nach Mannheim zu Marlies und es hielt ein halbes Jahr. Er zog noch dreimal um aber es half nicht.

Er ging vorzeitig in den Ruhestand, denn er konnte sich nicht mehr konzentrieren. Die Küstenwache hatte ihm vorbildliches Verhalten bei diesem Segelunfall bescheinigt. Die Versicherung hatte gezahlt und nun bezahlte Richard. Tag für Tag für Tag...........

Showdown ecetera pe pe

Lange würde sein alter VW-Bus es nicht mehr machen, das war sicher. Aus dem Motorraum kamen Geräusche, die da nicht herkommen sollten und Beschleunigen wollte das Biest auch nicht mehr so recht. Siegfried Ahlers „Strand-Siegi" wie er sich nannte und wie es an den Seitenwänden des Busses stand mit dem Zusatz „Melodien vom Meer und noch viel mehr!" war nun gut fünfundsechzig Jahre alt und die besseren Zeiten, die es da mal gegeben hatte waren so lange her, dass er sich nur noch ungenau an sie erinnern konnte. Hier war er noch nie gewesen. „Kellenhusen" stand auf dem Ortsschild und wenigstens schien mal die Sonne. Ein weiteres kleines Schild wies auf den Campingplatz am Ortsrand hin und er folgte dem Pfeil. Eigentlich hatte er nach Fehmarn fahren wollen, wie immer um diese Zeit des Jahres, aber die Motorgeräusche und der Tankanzeiger hatten ihn frühzeitig von der Autobahn gezwungen. Sechs Tage lang hatte es in Travemünde geregnet. Er hatte sich tapfer jeden Nachmittag und Abend mit seinem Akkordeon an die Häuser der Vorderreihe geschmiegt, damit seine „Hohner" nicht nass wurde, aber... Kaum Kohle! Es hatte gerade für Essen und Trinken gereicht. „Unsere tägliche Currywurst gib uns Heute!" war sein ständiges Gebet seit...wie vielen Jahren? Oh Mann Siegi", sagte er zu sich selbst und hielt neben der Einfahrt des offensichtlich gepflegten Campingplatzes. „Erst mal die Lage peilen", brummelte er und stieg aus. An einem Häuschen stand „Rezeption" und ein großes Hinweisschild enthielt die Informationen über Preise ecetera pe pe. „Sauteuer hier", knurrte er und ging nonchalant an der Schranke vorbei auf den Platz. Die Frau hinter dem Schalter sah ihm nach, sagte aber nichts. Wenn er gefragt hätte, hätte sie ihm mitgeteilt, dass alles belegt sei. Siegi schlurfte durch die Reihen der Wohnmobile, Wohnwagen und Zelte. „Überall das pralle Leben. Buchstäblich", dachte er, denn auf diversen Liegen und Luftmatratzen quoll es förmlich aus zu knappen Bikinis ecetera pe pe.

Zum Strand hin stand das Waschhaus. Sah ordentlich aus. Siegi nickte und stellte fest, dass man im Normalfall einen Schlüssel haben musste, um an die Duschen -zum Glück kostenlos- gelangen zu können. Jetzt war die Tür, auch zum Glück, nur angelehnt. Ein Blick in die Toiletten. Natürlich kein Papier, musste man selbst mitbringen, aber ganz sauber soweit. Siegi war zufrieden mit seiner Erkundung und ging zurück. Bulli sprang an, aber mühsam und Siegi fand nicht weit entfernt eine Parklücke am Wegrand, wo es am Zaun des Campingplatzes entlang zum Strand ging. Soweit zur Unterkunft. Er schlief immer hinten im VW-Bus. Er schnappte seinen kleinen Rucksack, der ein bisschen Wäsche, Shampoo, Bürste ecetera pe pe enthielt und marschierte via Strand zum eben besichtigten Waschhaus, dessen Tür jetzt aber leider zu war. Siegi kannte das und wartete geduldig bis die Tür aufgehen und jemand heraus kommen würde. Sie ging auf und Sigrid kam heraus. Allmächtiger, Sigrid! Siegi wollte etwas sagen, aber sie bemerkte ihn gar nicht. Nicht richtig. Ging vorbei und Siegi war so verwirrt, dass die Tür wieder zu fiel und er immer noch draußen stand. Was machte denn

Sigrid hier? Gefühlte tausend Jahre hatte er sie nicht gesehen aber Hölle! Sie war`s. Sicher! Sicher? Siegi musste mal, aber das konnte hoffentlich warten. Vorsichtig folgte er ihr. War das wirklich „seine" Sigrid? Ihm kamen Zweifel. Ihr Hintern war damals halb so breit gewesen, oder? Auch sonst…, aber dreißig Jahre machten ja auch einen Unterschied. Er selbst vor dreißig Jahren…

Ja Hölle! Lange Haare, Waschbrettbauch, Frauenschwarm ecetera pe pe! Sigi und Sigi- Das Schlagerduo schlechthin waren sie gewesen. Besser als Cindy und Bert, die Ofarims ecetera pe pe. Dreimal Gold für „Mein Herz, die Sonne lacht" Sie ging nach links, dorthin wo die großen Wohnmobile standen. Vor einem Zehnmeter Dingsbums Wohnmobil mit Satellitenantenne und Teakliegestühlen unterm Vorzelt bog sie ab und Siegi stoppte abrupt, denn da lag diese alte Schwabbelbacke Erwin in der Sonne mit einer fetten Bauchfalte über der Badehose. Siegi ging in Deckung hinter einem Baum, hatte aber gute Sicht auf den Ort des Geschehens.

„Ne Scheiße, die sind immer noch zusammen", entfuhr es Siegi. Erwin, Künstlername Richi Roar, hatte ihm Siegrid am 13. Juli 1981 ausgespannt! Siegi fühlte, das sein Blut in Wallung geriet. Jetzt gab sie dieser Zweizentner-Peinlichkeit auch noch einen Kuss! Echt, das ging zu weit, aber… eigentlich wohl nicht, denn die waren ja verheiratet, so wie er auch mal mit ihr verheiratet gewesen war. Lange her. Glitzer, Glamour, Glück und dann Pleiten, Pech und Pannen…jedenfalls für ihn als Looser in dieser Komödie. Diese Schnepfe hatte sich dem Richi-Erwin widerstandslos hingegeben und „Sigi und Sigi" waren Musikgeschichte. Kein

Vertrag mehr, keine Kohle. Was da war ging für Anwälte und Entschädigungszahlungen an Veranstalter drauf, die schon Konzerte mit ihnen organisiert hatten. Sigrid wollte partout nicht mehr mit ihm auftreten, weil er sie, nachdem das mit Richi-Erwin raus war mal ein bisschen hart angefasst hatte. Ihr Anwalt hatte das Körperverletzung ecetera pe pe genannt. Sigrid hatte drinnen wohl auf den Knopf gedrückt, denn aus dem offenen Fenster drang „Himmel in Deinen Armen", der Song, den sie gleich danach mit diesem Richi-Erwin gemacht hatte und der noch mal Gold brachte, aber nicht für ihn, obwohl mindestens sechs Textzeilen noch von ihm stammten. Siegrid hatte die einfach geklaut, verdammte Axt! Jetzt war aber fast alles zu spät. Siegi rannte zum Klo und hatte endlich mal Glück. Tür offen und Kabine frei. Oh, Mann…

Half ja nix. Geld war alle, deshalb schulterte Siegi seine Hohner und marschierte Richtung Seebrücke. Viel los war hier. Siegi hatte so eine Seebrücke noch nie gesehen. Futuristisch, Neumodisch mit ihren Glaselementen. Mit Zweitfunktion Wind und Wetterschutz. Siegi fand das nicht so schön, wie beim Diskutieren damals ein Teil des Gemeinderats, der immer noch überkreuz war deswegen. Aber Vokabeln wie „Alleinstellungsmerkmal" und „Kunst am Bau" mitsamt Förderungsmöglichkeiten durch Land, Bund, EU ecetera pe pe hatten das durchgeboxt. Aber eine Masse Mensch auf dem Vorplatz, die sich durcheinander bewegte, je nach gewünschter Richtung die Strandpromenade rauf oder runter. Alles potentielle Zuhörer. Hoffentlich kam kein Ordnungshüter und fragte nach Gewerbeschein ecetera pe pe.

Siegi spielte „La Paloma" und sang spanisch. Da blieben die ersten stehen. „Am Golf von Biskaya" und „Auf der Reeperbahn nachts um halb eins" Münzengeklapper im Akkordeonkasten. Können Sie „My Island in the sun?" fragte eine dicke Frau im geblümten Pareo. Siegi konnte. Dann, bei der zweiten Strophe war da plötzlich die zweite Stimme über seiner. Siegrid stand da mit Eis in der Waffel und Richi-Erwin am Arm und sang „Oh Island in the sun" genau richtig stimmig fett über seinem Bariton, wie damals bei „Mein Herz, die Sonne lacht". Er spielte trotzdem weiter, tapfer und sauer und seltsam bewegt und Siegrid wohl auch, denn sie ließ ihr Eis auf die Steinfliesen pladdern. Die Leute klatschten echt laut und wussten nicht, ob sie Siegrid auch was geben sollten und Richi-Erwin sagte laut. „Guck Dir diesen heruntergekommenen Siegi an!" Siegrid wollte vielleicht mit ihm reden, aber er zog sie weg. „Hat er verdient, dass er da jetzt den Küstenclown machen muss!" sagte Richi-Erwin noch und was machte Siegrid? Sie nickte und rettete ihr Rest-Eis.

Siegi packte ein. So konnte er nicht. Ne. Er hätte bestimmt hundert Piepen hier in Kellenhusen machen können, aber jetzt war Schicht im Schacht. Kehle zu wegen dem verdammten Richi-Erwin und der doppelt verdammten Siegrid. Knapp fünfzehn Euro, das reichte gerade für Currywurst-Pommes, Dose Bier und Flasche Korn im Supermarkt.
Currywurst und Bier dauerten zwanzig Minuten und den Köm hatte er um halb Zwölf geschafft. Bald Mitternacht. Nicht das ihn so ne kleine Buddel noch umwarf, aber bisschen tüddelig war ihm schon zumute ecetera pe pe. Die blöde Bulli-Tür

musste er dreimal zuknallen bevor sie wirklich zu war und der Weg zum Waschhaus war auch nicht mehr gerade. Egal. Tür war zu und er hatte Angst, dass Siegrid vielleicht wieder raus käme.

Jemand anderes kam raus und ließ ihn rein und er musste sich erstmal am Waschbecken festhalten bevor es weiter ging. Eigentlich wollte er schlafen. Hinten im Bulli, wie immer, aber er ging dahin, wo das große Dingsbums-Wohnmobil stand. Alles ruhig und dunkel hier in diesem Teil des Campingplatzes. Siegi schlich näher heran. Tür nur angelehnt, Fenster einen Spalt offen. Doppelte Schnarchtöne von drinnen, schön doppelstimmig, das musste er zugeben.

Unterm Vorzelt ein Tisch mit Gläsern und einer halbvollen Weinflasche, aus der er erstmal einen Hieb nahm. Booo, feiner Stoff! Auch eine Kognacflasche- leider leer. Nix zu essen, nicht mal Salzstangen- aber da war noch Glut im kleinen Luxusgrill und Siegi überlegte nicht lange. Leise packte er aus dem Pappsäckchen noch ein paar Holzkohlestücke auf die Glut und blies rein. Knister. Beinahe verbrannte er sich die Hände an den heißen Griffen, was nicht gut gewesen wäre, wegen Akkordeon und so. Er stellte den Grill vorsichtig auf den Boden des Wohnmobils hinter die Tür, die er leise schloss. Ans Seitenfenster kam er gerade so heran und er lauschte noch einen Moment dem fein abgestimmten Schnarchduett von Richi-Erwin und Siegrid, dann drückte er es zu.

Der Weg zum Bulli war einfach, denn irgendwie war jetzt die Wirkung des Köms verpufft. „Lass mich bloß nicht im Stich", redete er Bulli gut zu und der sprang brav an. Siegi schaffte es bis nach Großenbrode, dann war der Sprit alle. Siegi schlief im Bus auf dem Seitenstreifen der A1 und am nächsten Morgen schenkte ihm ein netter Polizist fünf Liter Diesel aus dem dienstlichen Reservekanister und erzählte ihm, dass da ein paar blöde betrunkene Touristen auf dem Campingplatz Kellenhusen an Kohlenmonoxyd-Vergiftung verstorben waren, weil sie wohl der Kälte der Nacht wegen ihren Grill mit rein genommen hätten „und das obwohl sie in ihrem teueren Wohnmobil Dingsbums eine Super-Standheizung gehabt haben"

„Da sieht man mal", antwortete Siegi. „Und vielen Dank für den Diesel ecetera pe pe.

Nasser Sand ...

Grit hätte ja auch bei Dankert und Thönniesen anfangen können. Das Angebot war gut gewesen und zumindest hätte sie jetzt nicht auf dem nassen Sand liegen müssen. Wahrscheinlich nicht – so genau weiß man das ja nicht.

Grit kam zu spät. Das war mehr als peinlich, weil heute der „Grosse Boss" persönlich an der Projektsitzung teilnahm. Die Glastür des imposanten Geschäftshauses in der Hamburger Innenstadt schloss sich hinter ihr und sie rannte zu den Fahrstühlen. Schon Viertel nach neun!
„Entschuldigung. War im Stau ...", murmelte sie und Wissmann sah sie über den Rand seiner Brille streng an.
Der Große Boss beachtete sie gar nicht. Er blätterte in seinen Unterlagen. Grit setzte sich und Wissmann machte weiter.
„Wir haben das ganze Areal in der Hand und die Kunden stehen Schlange", sagte er und wies auf die Zeichnungen der schmucken, an den Friesenstil angelehnten Villen, die in Hörnum auf Sylt entstehen sollten.
Grit hörte nur halb zu. *Ihr* Projekt kam erst später an die Reihe. Ein Geschäftshaus in Stade. Aber als sie merkte, dass es um ihren Heimatort ging, wurde sie nun doch hellhörig.

Der Große Boss räusperte sich. „Sind die ... Schwierigkeiten, die dieser Mummert uns macht, ausgeräumt?", fragte er und Wissmann krümmte sich etwas.

43

„Darauf wollte ich gerade zu sprechen kommen. Ich weiß nicht, was der Mann noch will. Mehr können wir ihm nicht bieten ...“

„Mummert?“, fragte Grit. „Keeno Mummert? Den kenne ich gut.“

Erinnerungen stiegen in ihr auf: Sie hatte Sylt sofort nach ihrem Realschulabschluss verlassen und war nach Hamburg gegangen. Höhere Handelsschule. Danach Lehre als Immobilienkauffrau. Sie wollte etwas aus sich machen. Das war klar. In Kindergarten, Haupt- und Realschule war sie der Schwarm aller Jungs gewesen und ein paar davon hatte sie etwas näher an Haut und Herz gelassen. Herz weniger, denn ihr ging es um „Erfahrung sammeln“. Einer von ihnen war Keeno Mummert gewesen. Ihm war es nicht um Erfahrung gegangen. Er hatte sich gnadenlos verliebt. Damals.

Alle sahen sie an. Das „Küken“ wagte es zu piepen, und das in Anwesenheit des Großen Bosses! Wissmann sah sie irritiert an und der Große Boss fragte: „Woher kennen Sie ihn denn, Fräulein Wilke?“

Niemand sagte noch „Fräulein“, nur der Große Boss, aber das war Grit egal und sie erzählte ...

Grit wartete darauf, dass ihr Wagen vom Autozug rollen konnte. Noch war zwar keine Ferienzeit, aber es war voll. Wartezeit in Niebüll beim Verladen und hier in Westerland beim Entladen. Als der Zug über den Hindenburgdamm gerollt war, hatte sie unerwartetes Glück verspürt. Heimkehr ... Der letzte Besuch lag fast ein Jahr zurück.

Endlich fuhr sie Richtung Hörnum. Wissmann hatte ihr davon abgeraten, ihren Dienstwagen zu benutzen – den roten Polo mit der Aufschrift der Firma. Wissmann meinte, das käme dort vielleicht im Moment nicht so gut an. Okay, der schicke, auf Firmenkosten gemietete Mini gefiel ihr sowieso besser. Das Fenster war offen und der Seewind spielte mit ihren blonden Locken wie in den ersten siebzehn Jahren ihres Lebens.

Die Mutter freute sich, als ihre Tochter ankam.

„Bleibst du diesmal länger, Kind?", fragte sie und Grit sagte: „Mal sehen. Ein paar Tage."

Keeno Mummert schluckte seine schlechte Laune herunter. Als Schiffsführer der „Adler" war er nicht nur Seemann, sondern auch Fremdenführer und Entertainer in einem. Nicht, dass ihm das besonders lag. Vom Typ her wortkarger Friese hatte er sich das Reden mühsam antrainieren müssen.

„Ziemlich voll heute", freute sich Anneke Riebert, die hinten im Schiff mit einer Kollegin die Restauration betrieb. „Hier, deine Brötchen und der Kaffee."

Sie stellte den Teller und die Thermoskanne nebst Becher auf die Seekarte, was sie immer tat und was Keeno jedes Mal bemängelte.

„Doch nicht auf die Karte, dammich!"

Anneke lachte. Sie mochte den Käpt'n gern. Wenn sie zwanzig Jahre jünger wäre ... Warum der wohl noch keine Frau hat?, fragte sie sich – und nicht nur sie. So wie der aussah ... breite Schultern, groß gewachsen, blond, braun gebrannt ...

„Na dann kann's ja losgehen", sagte Keeno und winkte Roman zu, einem jungen Polen, den die Reederei als Deckmann eingestellt hatte und der sich recht geschickt anstellte. Roman winkte zurück und wollte gerade die Gangway einziehen, als eine junge Frau über die Mole gerannt kam.

„Ich will noch mit!", rief sie und der Klang der Stimme ließ Keeno erstarren.

Er drehte sich um und sah, wie sie so eben noch über die Planke kam. Grit ... Das gibt's doch nicht, dachte er ungläubig. Vom Bug her starrte Roman zu ihm hinauf. Nur die Bugleine hatte er jetzt noch zu lösen, er wartete aber auf Keenos Kommando, der sich zusammenreißen musste, um sich wieder konzentrieren zu können. Dann nahm die „Adler" Fahrt auf und Keeno sah hinüber zu den Yachtstegen. Dort lag auch seine „Möwe", das kleinste Boot hier im Hafen mit ihren knapp sechs Metern. Eine Leisure 17 mit zwei Kielen unterm Rumpf, mit deren Hilfe man sich ruhig mal im Watt trocken fallen lassen konnte. Sonst gab's da nur schicke, mindestens zehn Meter lange Luxusyachten. Aber der Sylter Yachtklub hatte keine Wahl. Vater Mummert hatte seinerzeit ein für das Winterlager benötigtes Grundstück nur gegen einen Eigentums-Liegeplatz abgegeben ...

So war das hier in Hörnum und auf ganz Sylt, dachte Keeno bitter. Nur noch Schickimicki.

Die Sonne schien planmäßig und Keeno sah schon von Weitem, dass heute ein guter Tag für seine Gäste war. Zahllose Seehunde lagen auf dem der Sandbank, die in ein paar Stunden schon wieder der Flut gehören würde. Wie die Touristen, dachte er. Sonnen sich, als wenn sie nichts Besseres zu tun hätten. Hatten sie auch nicht, musste er dann zugeben. Fische gab es gerade genug in der Gegend und die Viecher hatten sich bestimmt in Rekordzeit die Bäuche vollgeschlagen. Keeno war kein besonderer Freund der Seehunde, denn sie fraßen den Fischern einen guten Teil ihres Fanges weg. Zum Beispiel seinem Freund Jan, der noch einen der wenigen Kutter in Hörnum besaß.

Keeno nahm das Mikrofon aus der Halterung und schaltete die Lautsprecheranlage ein. „Joo, meine Damen und Herren. Da wären wir. Backbord, also links von uns, sehen Sie die Seehundbänke, und wenn Sie Glück haben, sehen Sie welche dicht am Schiff vorbeischwimmen."

Das unmittelbare Ergebnis war, dass überall auf und unter Deck die Leute aufsprangen, um besser sehen zu können. Anneke stand schon mit Wischtuch und Eimer bereit, denn so manche Kaffeetasse fiel dabei um. So wie jeden Tag.

Keeno nahm das Gas weg und die „Adler" verlor Fahrt und trieb dann in sicherer Entfernung von der Sandbank dahin. Er sah Grit an der Reling stehen. Ihren blonden Wuschelkopf ... Sie hatte sogar einmal in Richtung der Brücke gesehen ...

Zeit für die Ansage. Die Reederei hatte einen Zoologen einen kleinen Vortrag über Seehunde schreiben lassen und den musste Keeno an dieser Stelle immer verlesen.

Endlich kam er zum Ende. „So, meine Damen und Herren. Wir kehren jetzt nach Hörnum zurück. Die Flut kommt bald und die Seehunde gehen wieder fressen ... Apropos ... Unser Bordrestaurant hat heute leckeren Apfelkuchen anzubieten. Greifen Sie zu!"

Er wollte abschalten, drückte aber noch mal dem Mikroknopf und sagte zögernd: „Grit, wenn du das bist ... Kommst du auf die Brücke?"

Nanu, dachte Anneke Riebert, musste sich dann aber dem Ansturm der Apfelkuchenkäufer stellen.

„Hallo Keeno." Sie sagte das leise, fast ein bisschen schüchtern. Auch sie hatte so ihre Erinnerungen und Keeno war nicht die schlechteste.

„Komm rein", antwortete er mit rauer Stimme.

Er sah sie kurz an, musste sich dann aber wieder auf sein Schiff konzentrieren, denn der Kollege von der Insel Amrum kam ihm entgegen.

„Was machst du so?", fragten sie beide gleichzeitig und lachten das Eis weg.

Sie aßen am Abend zusammen im „Kap Horn".

„Wie früher ...", sagte Grit, nur dass die Preise für Dorsch mit Bratkartoffeln jetzt fast doppelt so hoch waren.

Später ging Grit neben Keeno her durch die kleinen Straßen, an denen bereits der Bauboom gewütet hatte.

„Guck dir diese Häuser an ...", sagte Keeno bitter. „Kann sich kein Einheimischer mehr leisten."

Grit schwieg, hatte im Innersten aber das Gefühl, ihm zustimmen zu wollen. „Am Wasser", die Straße, an der Keenos Kate stand, sah noch ursprünglich aus, jedenfalls auf den ersten Blick. Zwei der Nachbarhäuser waren aber bereits geräumt und die leeren Fensterhöhlen und die verwilderten Vorgärten sahen nicht gerade gemütlich aus. Keenos Vorgarten sah auch nicht gemütlich aus. Für „so 'n Kram" hatte er keine Zeit. Grit sah an der Ecke das große Werbeschild ihrer Firma: „North Sea Residence". Das hatte sich Wissmann einfallen lassen, und die Pastellfarben der geplanten Gebäude auf sechs mal acht Meter großer Pappe sahen richtig toll aus.

Keeno hatte gesehen, wohin ihr Blick gefallen war. „Die wollen hier alles plattmachen und diese hässlich Kästen bauen! Aber nicht, solange ich lebe. Das sag ich dir!"

Grit seufzte, schwieg und küsste Keeno. Ganz nach Plan und auch, weil ... Vielleicht hätte sie ihn auch ohne Plan geküsst.

Sie sah ihm nach, als er sich am Morgen zur Arbeit aufmachte.

„Du kommst zum Hafen, wenn ich zurück bin", sagte Keeno, der auf Wolke sieben schwebte. „Wir segeln dann ein bisschen. Wie früher!"

„Wie früher", hatten sie in den letzten zwölf Stunden oft gesagt. Als Keeno um die Ecke war, nahm Grit ihr Handy und rief Wissmann an. „Alles in Ordnung, Chef. Der unterschreibt. Ich bin Montag wieder in Hamburg."

Sie verbrachten drei wunderschöne Tage zusammen und Grit brauchte sich nicht zu verstellen, wenn sie Keeno küsste...

„Na du! Hab euch gesehen, dich und deine Freundin", sagte Anneke, als sie diesmal Kaffee ins Ruderhaus brachte.

Keeno strahlte. So hatte ihn Anneke noch nie gesehen. Wurde ja auch Zeit!, dachte sie.

„Grit", antwortete Keeno. „Sie stammt von hier. Und jetzt ... Du, Anneke, wir werden zusammen weggehen. Mein alter Traum. Neuseeland! Verstehst du? Und sie kommt mit."

Anneke blieb der Mund offen. „Neuseeland? Warum das denn?"

Anneke konnte sich nicht vorstellen, was an Neuseeland dran sein sollte, was Sylt nicht bieten konnte. „Das überleg dir man noch mal", sagte

Keeno grinste übers ganze Gesicht. „Grit kennt da jemanden, der mir die Kate zu einem guten Preis abkauft."

„Aber dann bauen die da alles voll. Das wolltest du doch nicht ..."

Keeno winkte ab. „Der Käufer hat Grit versprochen, dass er alles so lässt."

Anneke musste nach hinten, sonst hätte sie Keeno ein paar Takte aus ihrer Lebenserfahrung erzählt. Anneke. „Kostet doch Geld, so was." Dass man auf Versprechungen von Leuten, die man nicht kennt, nichts geben sollte.

Grit hatte es erst anders versucht, aber außer Neuseeland war ihr nichts mehr eingefallen. Da hatte Keeno schon früher immer hingewollt.

Am übernächsten Montag saßen sie beim Notar. Der Mann aus Hamburg – „Wissmann", hatte er sich vorgestellt –, Grit und Keeno Mummert, der seine seit fast zweihundert Jahren im Familienbesitz befindliche Kate für den Traum „Grit und Neuseeland" aufgab.

Der Notar leierte seinen Text runter, so schnell, dass Keeno nicht mitbekam, dass die Passage „Der Käufer verpflichtet sich, das Gebäude zu erhalten", die Grit in Keenos Beisein und auf dessen Wunsch in den Entwurf des Vertrages eingefügt hatte, von ihr auch wieder gestrichen worden war, bevor die Sekretärin des Notars ihn abgetippt hatte. Dann war alles unterschrieben und Herr Wissmann sagte: „Gute Arbeit, Frau Wilke!", was Keeno stutzig machte.

„Was meinte der damit?", fragte er Grit später im „Kap Horn".

Grit schwieg, denn sie hatte jetzt ein Problem. „Weiß nicht", antwortete sie. „Du, ich muss morgen nach Hamburg. Wir sehen uns Freitag."

Grits Problem bestand darin, dass sie sich mies fühlte. Nein, sie liebte Keeno nicht, hatte es ihm nur vorgespielt. Und jetzt ... Katzenjammer hoch drei!

Dann gab's Sekt und einen dicken Scheck vom „Großen Boss" persönlich und die Schlüssel für einen neuen BMW-Dienstwagen. Cabrio mit Ledersitzen, wenn auch mit Firmenlogo auf der Tür. Sie schrieb drei lange Briefe an Keeno mit langen Erklärungen und ihrer Bitte um Verzeihung ... und zerriss sie wieder. Nee, so ging das nicht, sie wollte nicht feige sein. Sie würde ihm das persönlich beibringen.

Freitagmittag fuhr sie nach Sylt. Mit dem neuen BMW. Tolles Wetter und das Dach war offen. Trotzdem brannten ihr die Augen. Sie würde ihm irgendwas erzählen . Dass sie verheiratet wäre und deswegen doch nicht mit ihm nach Neuseeland konnte. Irgend so etwas in der Art.

Keeno schlenderte vom Hafen nach Hause. Die „Adler" und er hatten Feierabend. Fast hätte er sie nicht erkannt. Grit! Sie stieg gerade vor dem Haus ihrer Mutter aus einem neuen Cabrio und er wollte zu ihr gehen. Dann stockte sein Schritt. Da stand „North Sea Residence Entwicklungsgesellschaft" auf der Tür des BMW ...

Keeno wurde kalt und heiß. Langsam drehte er sich um und ging nach Hause.

Grit versuchte es drei Mal an diesem Abend. Ließ es lange läuten, aber Keeno ging nicht ans Telefon. Das ging auch nicht mehr, denn er war abgestürzt. Eine ganze Flasche Küstennebel hatte er dazu gebraucht.

Am nächsten Morgen ging sie mit einer Brötchentüte zu ihm und er ließ sie ein. Keeno war sichtlich angeschlagen, ließ sich aber nichts anmerken. Grit wartete auf den richtigen Moment, und als er sagte: „Lass uns segeln gehen", dachte sie: Auf dem Boot, da geht das leichter.

Sie fuhren nordwärts bis zu der Stelle, wo der Meeresboden steil abfiel. Grit schüttelte sich die blonden Locken in der Sonne aus und sagte: „Du, Keeno ..."

Weiter kam sie nicht, dann traf sie die Winschkurbel und ihr junges Leben war zu Ende. Keeno wickelte die Ankerkette um ihre Beine und warf Grit samt Anker in dreißig Meter tiefes Wasser. Minutenlang stand er reglos da und starrte ins Wasser. Dann fuhr er heim.

Am Sonntag brachte er Jan die Schlüssel für die „Adler". Keeno hatte ihn der Reederei als Nachfolger empfohlen und die war froh gewesen, sofort einen erfahrenen Schiffer zu finden. Er saß den ganzen Abend und die Nacht über in der Küche der Kate und dachte an seine Jugend und an alles Mögliche.

Um kurz nach vier stand er entschlossen auf, nahm seine Reisetasche und klemmte sie auf sein Fahrrad. Dann ging er noch mal in die Küche, schüttete etwas Speiseöl auf den Boden und zündete es an. Sacht verschloss er die Tür und stieg aufs Rad. Als er an der Ecke noch einmal anhielt und zurücksah, flackerte es hinter dem Küchenfenster. Bevor jedoch jemand anderes das Feuer bemerkte und die Feuerwehr alarmierte, war er schon in Westerland, wo er sein Rad am Bahnhof abstellte und den abfahrbereiten Zug bestieg, der ihm Neuseeland ein Stück näherbringen würde.

Die Strömung war stark an dieser Stelle des Meeres. Ebbe und Flut rollten Grit hin und her und die Ankerkette wickelte sich ab. Die nächste Flut nahm sie mit und die Seehunde kamen neugierig näher, drehten aber wieder ab. Sie war zwar so groß wie die Seehunde, aber keine aus ihrem Rudel.

Jan Klüver stand am Ruder der „Adler". Anneke stellte ihm Brötchen und Kaffee auf die Seekarte und er sagte: „Dammich, da doch nich!"
Sie lächelte flüchtig. Daran hatte sich schon mal nichts geändert.
Schon von Weitem sah Jan, dass es ein guter Tag für seine Gäste werden würde. Es lagen viele Seehunde auf der Sandbank. Zeit für die Ansage. Er wollte gerade anfangen zu reden, da schrien die Leute an Deck aufgeregt durcheinander. Jan schaute genauer hin und sah die Frau dort liegen.

Wenn Grit das Angebot von Dankert und Thönniesen angenommen hätte, würde sie nicht auf dem nassen Sand liegen. Wahrscheinlich nicht, aber so genau weiß man das ja nicht...

Todeskuss

Das Tor schloss sich mit einem metallischen „Klong" hinter ihr und sie fühlte sich ausgeschlossen... heimatlos! Dreizehn Jahre hatte sie hier verbracht. Nie zuvor war sie so lange ununterbrochen an einem Ort gewesen. Petra Henkel stellte ihren Koffer, den die Verwaltung ihr gegeben hatte und der all ihre Habseligkeiten enthielt, achtlos ab und er fiel um. Nervös fischte sie in ihrer Jackentasche nach der Zigarettenpackung und als sie sie endlich fand – Gott sei Dank enthielt sie noch ein paar Glimmstengel – stellte sich das Problem, dass sie kein Feuerzeug hatte. Sie sah sich um und strich sich die widerspenstigen langen Haare aus der Stirn, die nun auch schon ein paar graue Strähnen enthielten. Ein Wagen fuhr auf den Parkplatz- das Modell kannte sie nicht, hatte es noch nicht gegeben, als sie hier eingezogen war- und einen Moment lang hoffte sie, dass es Karin sein möge. Aber Karin wusste ja nicht, dass sie raus kam. Sie war draußen! Das dämmerte ihr jetzt mit aller Konsequenz. Das Gebäude hinter ihr, die Justizvollzugsanstalt Lübeck, war ihr Zuhause geworden. Sie hatte Freundinnen gefunden und die beruhigende Gewissheit, eines geregelten Lebens und nun... Ausgeschlossen. Heimatlos! Hoffnungslos.

Petra Henkel hatte wegen „Mord aus Habgier", wie der Staatsanwalt es genannt hatte, gesessen und war nun vorzeitig wegen guter Führung in ein Leben entlassen worden, das sie nicht kannte und vor dem sie sich fürchtete. Der Mann, der aus dem Auto gestiegen war, gab ihr Feuer und sie inhalierte tief. Dann griff sie erneut in ihre Tasche und berührte den Umschlag, der ihr ausgehändigt worden war. Er enthielt einen neuen Personalausweis und etwas über eintausend Euro in bar. Der Rest des Geldes, das sie sich durch Arbeit im Knast erworben hatte. Das meiste war für Zigaretten und Süßigkeiten draufgegangen. Petra stieß eine Rauchwolke aus und fasste einen Entschluss. Der Bus brachte sie zum Hauptbahnhof. Sie betrat die Halle und sah zu der großen Anzeigentafel auf. Ihr Entschluss war, dorthin zu fahren, wohin der erste abfahrende Zug gehen würde. Der Zug fuhr nach Puttgarden und sie landete in Scharbeutz, weil sie der Schaffner ohne Fahrkarte erwischte, und dort aus dem Zug wies.

Sie hatte bei Brede einen Kaffee getrunken und nebenan die Reklame der Ferienwohnungsagentur gesehen. Petra hatte Glück, dass -trotzdem es Saison war-, ein kleines Appartement „am Hang" frei war. „Leider kein Seeblick", bedauerte die Angestellte, die ihr den Schlüssel gab, nachdem sie bar für eine Woche bezahlt hatte. „Macht nichts", nuschelte Petra, nahm ihren Koffer und ging die paar Schritte bis zu dem angegebenen Haus. Sie Wohnung war nett. Sie öffnete die Balkontür, warf ihre Jacke über einen Stuhl, legte sich aufs Bett und heulte sie sich in den Schlaf.

Zum Heulen war ihr immer noch, aber die Umgebung eignete sich gut zum Verdrängen. Marc Behrens, der nette Strandkorbvermieter hatte sie angelächelt und weil sie das angelächelt werden so lange nicht mehr erlebt hatte, verliebte sie sich ein bisschen in ihn. Er gab ihr einen Strandkorb in der ersten Reihe, weil er Mitleid mit ihr hatte. „Bestimmt gerade frisch geschieden, oder so...", dachte er, weil sie so verhärmt und unglücklich wirkte.

Der Strand war voller Menschen. Ferienzeit eben. Kinder... Petra hätte gern Kinder gehabt- damals. Sie hatte gerade ihre Lehre als Bankkauffrau bei der Hamburger Sparkasse beendet und ihren ersten Job als Kundenberaterin in der Filiale am Winterhuder Markt angetreten, als sie ihn kennen lernte. Paul Breitenboom, Inhaber einer florierenden Bar in Eppendorf und gut aussehend, charmant, offensichtlich reich... Fast ein halbes Jahr war sie mit ihm zusammen gewesen, bevor sie merkte, dass sie nur eine von vielen Blumen war, an der die Hummel Paul Honig saugte. Allerdings war es da schon zu spät gewesen. So verliebt war sie gewesen, dass sie alles mitgemacht hatte, was in den „Kreisen", die in seiner Bar verkehrten üblich war. Üblich war eben auch Koks und Schnaps und... letztlich Heroin und ihr Absturz war zwangsläufig gewesen. Kündigung weil sie nur noch unregelmäßig zur Arbeit kam und, als Paul sie fallen ließ, Obdachlosigkeit und die zehrende Zwangsläufigkeit, sich Geld für den nächsten „Schuss" zu besorgen. Gelegenheitsprostitution – erniedrigend und demütigend und nur erträglich mit einer guten Dosis Heroin, „Äitsch", wie sie es nannte.

Petra erfuhr erst auf der Polizeiwache, wie der Mann geheißen hatte, den sie in dem schmuddeligen Bett in der Absteige in Eimsbüttel abgestochen hatte, um an sein Geld zu kommen. Voll auf Droge war sie gewesen, aber das war kein

Entschuldigungsgrund. So war sie in die JVA Lübeck gekommen.

Die Sonne brannte ganz schön und sie beschloss, sich Sonnenöl zu besorgen. Am Stroh gedeckten Häuschen lehnte Marc Behrens und sie fragte ihn, wo sie so etwas kaufen könnte,
und er lächelte wieder und schenkte ihr eine noch halbvolle Flasche, die jemand bei der Abreise in einem seiner Körbe vergessen hatte. „Danke", murmelte sie. „Dafür nich", antwortete Marc und bot ihr eine Tasse Kaffee an und als sie die Tasse fallen ließ, dann nicht, weil das Getränk so heiß war, sondern weil Paul Breitenboom vorbeiwatschelte.

Er war es, da war sie sich sicher. Obwohl der Mann, der da vorbeigegangen war eine drei Zentner-Peinlichkeit darstellte. Dicke Elefantenschenkel und eine Wampe..., aber das Gesicht noch irgendwie... Wie früher. Oder doch nicht? „Kennen... kennen sie den Mann da?" fragte sie den Strandkorbvermieter, der mit einer Kehrschaufel sorgfältig die Scherben aufnahm, damit da niemand rein trat. „Wen?", fragte er, ein bisschen ärgerlich wegen der Schusseligkeit der Dame. „Der Dicke da", sagte sie irgendwie atemlos und er sah schnell zum Strand hinunter. „Ach, Herr Breitenboom. Ja, kenn ich. Der hat so eine Werbefirma in Lübeck, glaube ich. Das da ist sein Strandkorb. Hat er für die ganze Woche gemietet". Er wies auf einen der Körbe, die Blick geschützt in der letzten Reihe standen. „Ist das ein Bekannter von Ihnen?" fragte er Petra.

„Wie? ach nein, ich meine, ich habe ihn mit jemand verwechselt. Danke für das Sonnenöl und den Kaffee und… Entschuldigen sie meine Ungeschicklichkeit." Sie ging zurück zu ihrem Korb und sah Paul Breitenboom aus dem Wasser kommen. Dick wie ein Nilpferd und der Hass stieg in ihr auf, wie eine Tsunami-Welle.

Marc Behrens wunderte sich, als Petra am nächsten Tag einen anderen Korb wollte. „Die Strand-spazierer gaffen mir ständig auf den Busen da vorn", begründete sie und er gaffte auch mal und verstand die Spazierer eigentlich. „Klar", sagte er. „Einen besonderen Wunsch?"
„86", sagte sie. Er sah auf sein Schlüsselbord. „Geht klar", sagte er und gab ihr den Schlüssel.
Sie hatte 86 gewählt, weil von da aus Paul beobachten konnte. Diese Mistsau, die ihr Leben zerstört hatte. Sie dachte nach und rauchte ununterbrochen und die kleine Blechdose, die ihr Marc als Aschenbecher gegeben hatte, quoll über und dann hatte sie einen Plan.

Sie fuhr nach Hamburg. Diesmal mit Fahrkarte. Es war lange her, aber irgendwie hatte sich hier, an diesem Platz in St. Georg, nichts verändert. Die gleichen Typen, wie damals, nur das sie andere Namen hatten. Und teuer war das geworden! Nicht mehr viel im Umschlag, aber es hatte gereicht. Sie verstaute alles in der billigen Umhängetasche, die sie sich gekauft hatte und fuhr zurück nach Scharbeutz.

Die Chefin sah sie an, als wüsste sie, dass Petra nicht mehr viel Geld hatte und auch sonst eine Loserin war. Die Haare…

mein Gott! Das „Frisurenland" war eigentlich nichts für eine wie die, aber weil gerade nicht viel los war, hörte sie sich die Wünsche der Kundin an.

Die zog ein altes Foto aus der Tasche, mindestens zwanzig Jahre alt oder so. „Ich möchte die Haare so, wie damals auf dem Foto haben", sagte die Frau, offensichtlich eingeschüchtert von der luxuriösen Saloneinrichtung. „Geht das?" Die Chefin besah sich das Foto genauer. „Natürlich geht das, aber... Wir können ihnen auch eine hübsche, moderne Frisur machen. Das da...". Sie wies geringschätzig auf das Foto. „Das ist genau das, was ich möchte!" sagte Petra bestimmt. Die Chefin zuckte die Achseln. „Jenni wird sich um sie kümmern", sagte sie und rief eine schlanke junge Mitarbeiterin, die es als nette Abwechslung empfand, mal eine so „altmodische" Minipli-Frisur machen zu können.

Für die letzten fünf Euro ging Petra noch mal bei „Junge" frühstücken. Ein bisschen bedeckt war es und sie hatte Angst, dass Paul nicht an den Strand kommen würde. Marc Behrens beruhigte sie. „Die Wolken verziehen sich", versprach er und verwies auf seine Erfahrung. Petra nickte und ging zu ihrem Strandkorb und er fragte sich, ob er ihre neue Frisur nun vorteilhaft fand, oder nicht.

Er behielt Recht. Die Sonne und Wind zerbliesen die letzten Wolken. Trotzdem dauerte es bis zum Mittag und Petra verbrauchte zwei Schachteln Zigaretten, bevor Paul das Gitter von seinem Korb nahm und sich einrichtete. Heute hatte er eine abscheulich grüne Badehose an, über die sein Bauch hing.

Petra knabberte nervös an ihren Fingernägeln und wartete. Endlich... endlich legte er die Zeitung beiseite, stand auf und watschelte zum Wasser. Sie sah ihm nach, wie er wie ein Walross prustend die Ostsee aufwallen ließ und los schwamm. Sie sah ihm nach. Kein Grund, noch zu warten.

Niemand beachtete sie, als sie zu seinem Korb ging und sich hinein setzte. Aus ihrer Tasche nahm sie die drei fertig aufgezogenen Spritzen mit dem „Aitsch", das sie in Hamburg gekauft hatte. Sie nahm sein Handtuch von der Lehne. Mit dem kleinen Taschenmesser, dass sie sich besorgt hatte, machte sie kleine Einschnitte in das Plastik der Rückenpolsterung und klemmte die Kolben der Spritzen hinein. Nun ragten die Spitzen nur noch ein wenig hervor. Vorsichtig breitete sie das Handtuch wieder über die Lehne. Dann setzte sie sich daneben in den Korb und wartete.

Paul Breitenboom erkannte sie zuerst nicht. Sie saß in seinem Strandkorb. Zu viele Frauen hatte es in seinem Leben gegeben, aber dann... Die Minipli-Frisur, die erkannte er. Sogar an ihren Namen erinnerte er sich jetzt. „Petra...! Was machst Du denn hier. Lange nicht gesehen." Sie lächelte ihn an und sagte „Hallo Paul!" Er runzelte die Stirn und kratzte sich am Bauch. „Du..." Er erinnerte sich an die Zeitungsmeldungen. „Warst Du nicht im... Na ja, Gefängnis?" fragte er. „Ich hab an Dich gedacht", sagte sie, nahm seine Hand und zog ihn neben sich. Er ließ es verwundert geschehen und er wunderte sich noch mehr, als sie sich herüberbeugte, ihn küsste und mit ihrem Gewicht an die Rückenlehne drückte. Die Spitzen drangen in sein Fleisch und das „Aitsch" begann in seinen Körper zu fließen. „Autsch!" schrie er und stieß Petra von sich, die sich lächelnd aufrichtete, während er an seinem Rücken herumfummelte. Entsetzt sah er auf seine Hand, mit der er eine der Spritzen aus seinem Rücken gezogen hatte. Befriedigt sah Petra, dass sich der Kolben voll hineingedrückt hatte.

„Was... was ist das", keuchte er und sie sagte „Meine Rache! Dein Tod!"

Marc Behrens hatte die Polizei, den Notarzt und einen Krankenwagen gerufen. Als der Notarzt kam, war Paul schon nicht mehr ansprechbar und als der Krankenwagen in Neustadt eintraf, war er tot.

Petra ließ sich widerstandslos verhaften und legte ein volles Geständnis ab.

Als die Zellentür hinter ihr ins Schloss fiel, lehnte sie sich dagegen, schloss die Augen und flüsterte „Daheim..."

Final Countdown

Jucki spürte ein Kribbeln auf dem Rücken. Gleich würde es kommen. Fiddl trat einen Schritt nach vorn und stellte seinen rechten Fuß in dem unmöglich großen, klobigen Cowboystiefel auf den Fußschalter. Locki sang den letzten Ton des Refrains „...Countdown!" Jetzt... Fiddl griff ganz unten in die hohe E-Saite seiner Fender-Elektrogitarre und jaulte, - wie immer übertrieben laut- das Solo heraus. Hatte er sich damals, als das Lied herauskam, wochenlang herausgehört und geübt.
Seitdem hielt er sich für den weltbesten Gitarristen, oder wenigstens den von Schleswig-Holstein. Besonders hasste Jucki es, wenn Fiddl durch ausgiebigen Gebrauch des Fußschalters dieses fiese Kreischen erzeugte, bei dem sich ihm jedes Mal die Zeh-Nägel hoch bogen. Jucki –eigentlich Jürgen Moss- zupfte dazu den Bass. Okko Stehn, der Schlagzeuger, hämmerte wie besessen auf seinem Schlagzeug und... das war das Schlimmste **und,** wenn er ehrlich zu sich war, das was ihm Fiddls Solo so verhasst machte, ...Locki warf sich vor Fiddl auf die Knie und schmachtete ihn provozierend an, wobei sie ihre langen schwarzen Haare hin und her schüttelte. „Final Countdown" war immer ihre letzte Nummer vor der Pause. Danach gab`s Bier und Korn und Zigaretten. Fiddl, bürgerlich Konrad Hechter und Fiddl genannt wegen seines schwarzen Fidel Castro Barts nahm endlich den Stiefel vom Fußschalter und Locki sprang auf und sang den Schluss. Locki hieß Monika Fehrenberg und zusammen waren sie seit beinahe vierzehn Jahren die „Happy

Hot Shots", eine ‚wie Jucki sich eingestehen musste, mäßig erfolgreiche Partyband, die sich mühsam gegen die Konkurrenz der „blöden" Discjockeys erwehren musste, um an Gigs -Auftritte- zu kommen. Der letzte Ton. Applaus. „Dankeschöööön!" dröhnte der verschwitzte Fiddl ins Mikrofon und stellte die Gitarre ab.

„Geil heute. Die Leute gehen echt mit", sagte er lachend zu Jucki, der ihn finster ansah, während er seinen Bass abnahm. „Was haste denn schon wieder, Jucki. War doch ok, oder?" „Weißte genau", gab Jucki zurück. „Mann, das tut so was von weh in den Ohren..."   „Ach Mensch. Ich finde das Superturbogeil", meinte Locki und legte ihren Arm um Fiddls Bauch. „Kommt Jungs, ich geb einen aus", lachte sie, was sie leicht sagen konnte, denn die Getränke für die Band waren sowieso frei heute.

Okko, der für das Geschäftliche zuständig war, achtete immer sehr auf diese Klausel in den Verträgen. „Getränke und Catering für die Band sind Bestandteil der Gage". Er hatte den Vertrag mit der Kurverwaltung von Hohwacht schon im Winter geschlossen. Strandfest! Alljährlicher Höhepunkt der Feriensaison. Er ging neben Jucki hinter Locki und Fiddl her, die Arm in Arm die Bierbude ansteuerten. Okko sah seinen Freund von der Seite an. „Immer noch nicht drüber weg?" fragte er direkt. Er wusste ja, dass Jucki die Scheidung von Locki sehr mitgenommen hatte und dass sie sich gleich danach Fiddl an den Hals geworfen hatte... Die Band war damals, vor zwei Jahren fast geplatzt deswegen.

„Nee, bin schon okay", antwortete Jucki, was gelogen war, aber das gestand er sich nicht ein. „Ist nur wegen dem Scheißsolo. Ich krieg jedes Mal Ohrenschmerzen, wenn der das so raus haut."

Okko lachte und knallte Jucki seine Hand auf den Rücken. „Mensch, die Fans finden das toll. Haste doch gesehen, wie die mit gingen." Die junge Frau hinter dem Biertresen lächelte Jucki an, als sie ihm ein Bier über den Holztresen schob. „Ihr seid Klasse", sagte sie und damit rettete sie Jucki den Tag oder wenigstens die Pause, denn er musste plötzlich überlegen, wie er die Frau näher kennen lernen konnte.

Okko fuhr den VW-Bus. Sie hatten ihren Kram eingepackt bekommen, bevor es zu regnen begann und somit war alles gut. Jucki saß ein bisschen schläfrig neben ihm und sah aus dem Fenster auf die Landschaft hinaus. Schöne Landschaft, dass musste man sagen. Sie hatten gerade die stolze Fehmarnsund-Brücke passiert, den „Kleiderbügel", wie sie scherzhaft genannt wurde. Jucki hatte in der Zeitung gelesen, dass überlegt wurde einen Tunnel zu bauen, weil der Stahl wohl schon ein bisschen marode war…

Sein Handy summte und er fingerte es aus der engen Jeanstasche. Sein Herzschlag stieg an, als er die Nummer erkannte. Er hatte sie vorhin erst eingetippt. „Rosi…", die Bierfrau. „Jaaa?" sagte er und sie sagte, „…Ich muss dauernd an dich denken." und Okko kicherte, denn Juckis Handy war auf Lautsprecher gestellt.

Zwei Wochen später hatten sie einen Auftritt in Heiligenhafen. Jucki war Rosi voll erlegen. Fiddl hatte das eben erst mitgekriegt und als sie Pause hatten, hörte Jucki, der etwas verspätet an die Bierbude kam, gerade noch wie Rosi „Halt bloß die Schnauze…" zu Fiddl sagte. „War was?" fragte Jucki, als sie ihm sein Bier gab und dabei seine Hand streichelte. „Wie? Ach nee… alles gut. Keine Zeit jetzt."

Das stimmte. Es war heiß und der Bierhahn brummte.

„Du, ich weiß ja, dass das nicht mehr so is, wie früher zwischen uns wegen Locki, aber…" Fiddl zögerte und nahm einen langen Schluck, aber dann sah er Jucki in die Augen und sagte „Deine neue Flamme, diese Rosi…Also…, Ich will dich nur warnen. Die hat bis neulich noch im „Pink Park" gearbeitet. Und nicht als Bedienung." Er ließ die Worte so im Raum stehen und Jucki schluckte. „Pink Park" kannte er. Ein Puff in Neustadt. Sie saßen in ihrer Stammkneipe in Burg, ihrer Heimatstadt und Jucki sprang auf und rannte raus. Fiddl hatte lange mit Locki diskutiert, ob er es Jucki sagen sollte. „Woher weißt du das eigentlich" hatte Locki gefragt und Fiddl hatte zugeben müssen, dass er… „Ich war blau", hatte er sich entschuldigt und als Locki ihm endlich vergeben hatte, meinte sie „Ja, sag ihm das."

Nun hatte Fiddl also innerhalb ziemlich kurzer Zeit zum zweiten Mal Juckis Lebensglück zerstört. So fasste er das auf und auf dem Fußmarsch nach Burgstaaken, wo seine Bude lag, beschloss er Fiddl zu killen.

Jucki hatte nach der Schule Elektriker gelernt und wusste daher genau, was zu tun war. Er war immer für die Verkabelung der Anlage verantwortlich und diesmal richtete er es so ein, dass die anderen, die sonst mit Hand anlegten, schon zum Essen gingen. „Hab keinen Hunger, geht schon mal", hatte er gesagt.

Sie spielten heute auf dem Luxuscampingplatz „Wulfener Hals" auf Fehmarn. Heimspiel sozusagen. Rosis Bierwagen war diesmal nicht dabei. „Zum Glück", dachte Jucki. Eigentlich war es schön mit Rosi gewesen und es hätte ihm vielleicht nichts ausgemacht, aber zu wissen, dass Fiddl über ihre Vergangenheit Bescheid wusste und damit sicher auch Locki und wer weiß wer noch alles…

Er hatte mit ihr Schluss gemacht und sie hatte das gleichmütig hingenommen. War sie gewohnt.

Nun war Zahltag. Vorsichtig prüfte Jucki nochmal die ganze Vorrichtung. Das Kabel zum Fußschalter war dicker als sonst, aber das würde sicher keiner merken. In seiner Tasche steckte die Sicherung, die er aus dem Anschlusskasten gedreht hatte. „Darf ich nicht vergessen, nachher wieder rein zu machen", dachte er. Den Extradraht, der nötig war… Tape drüber.

Tolle Stimmung. Fast Zehn, und immer noch heiß. Bestimmt fünfhundert Leute und die „Happy Hot Shots" in voller Fahrt. Fiddls Rechte umkrallte den Mikrofonständer. „So Leute, ihr seid ein tolles Publikum. Wir nehmen euch alle mit auf unsere nächste Tournee." Jubeln und Klatschen…

„Aber jetzt brauchen wir ein Bier. Ihr auch, oder?" Jubeln und Klatschen. „Na also. Ein Song noch, den ihr alle kennt." Fiddl riss die Arme hoch und kreischte „Final Countdown!!!"

Jucki erschauerte und zögerte, aber Okko haute auf die Snare-Drum und automatisch setzte er die ersten Bassläufe. Fiddl drehte die Lautstärke an seiner Fender voll auf und begann. Locki klatschte mit den Händen überm Kopf, dass der Inhalt ihrer Bluse in Wallung geriet. Dann sang sie „We leavin together..."

Zweite Strophe zu Ende . Jucki schwitzte plötzlich und machte einen Schritt auf Fiddl zu, - wollte ihn vom Fußschalter wegstoßen, aber... Zu spät. Fiddls Gitarre heulte auf und Jucki sah, wie sich seine Glieder verkrampften und dann kräuselten sich –Jucki hatte nicht geglaubt, dass sowas wirklich passierte- seine Haare und ein bläulicher Blitz schien Fiddls Gestalt einzuhüllen. Locki schrie ins Mikrofon und machte den Fehler, nach Fiddl zu greifen und dann ging der Strom aus, weil doch noch irgendwo ein Schutzschalter gegriffen hatte und die Hälfte der „Happy Hot Shots" lag tot auf der Bühne.

Wegen Locki, - damit hatte er nicht gerechnet- vergaß Jucki, die Sicherung wieder rein zu drehen und wurde verhaftet und damit blieb nur noch Okko übrig, dem der Besitzer des Campingplatzes klar machte, dass er die vereinbarte Gage in den Wind schreiben konnte und das war dann wirklich der „Final Countdown" für die „Happy Hot Shots"

Freier Fall

15Uhr 10. Dreitausend Meter über Westerland

Mein Herz klopft wie wild. Gleich ist es so weit. Harry sieht mich an. Er hat mich ausgebildet.
Sechshundert Sprünge hat er gemacht. Ich zwanzig. Dies ist mein erster freier Fall. Das heißt, ich muss selbst den Schirm auslösen. Nicht wie sonst automatisch.
„Fünfzehnhundert! Nicht tiefer!" sagt Harry noch mal nachdrücklich; eigentlich brüllt er es, denn das Triebwerk der Cessna Caravan und das Pfeifen des Fahrtwindes an der offenen Kabinentür sind enorm   laut. Er klopft auf den Höhenmesser, der auf dem Notschirmbündel vor meiner Brust angebracht ist. Ich nicke. Theoretisch ist mir alles klar. Der Pilot dreht sich um und gibt das Zeichen.
„Oh Scheiße...!" denke ich und springe.

Elfi hatte mir das angeschnackt. „Du solltest das auch mal versuchen. Ist so toll", hatte sie gesagt.   Sie hatte vor fünf Jahren einen Känguruh-Sprung gemacht. Mit Harry. Vor seinen Bauch gebunden war sie mit ihm zusammen von oben der Erde entgegen geschwebt. Elfi muss immer so extreme Sachen ausprobieren. Also hab ich's auch mal versucht und jetzt...

15Uhr 11. Zweitausendsechshundert Meter über Westerland

Ich versuche alles richtig zu machen. Gerade halten .Beine leicht gespreizt. Arme ausgestreckt. Man kann ein bisschen steuern durch anziehen oder ausstrecken der Gliedmassen. Echt toll. Ich schau nach oben. Der Flieger ist noch ganz nah und Harry springt gerade. Wird mich begleiten auf meiner Reise. Ich schau mich um. Sylt sieht aus, wie es auf der Postkarte aussieht. Oben der Haken von List. Unten Hörnum. Der Hindenburgdamm... Ich sehe Esbjerg im Norden und die Raffinerien bei Heide. Kopf drehen. Da im Dunst..., Ist das etwa Helgoland? Harry kommt näher. Er weiß wie man die Fallgeschwindigkeit variiert. 2600 Meter zeigt der Höhenmesser. Der Stoff an den Ärmeln meiner Kombination flattert und der Fahrtwind macht mir Falten auf den Wangen unterhalb der Brille. Seh` wahrscheinlich aus, wie ein Bassett. Harry hat mir gesagt, dass die physikalische Endgeschwindigkeit für mein Gewicht bei normaler Fluglage etwa 240Km/h beträgt. Ich glaube, die habe ich jetzt. Ein Schiff fährt durchs Wasser vor Hörnum. Schön vor dem Keil des Kielwassers.
Die Erde ist eine Schichttorte. Grün und blau und darüber die Schlagsahne. Die Wolken...

Elfi und ich waren doch wieder nach Sylt gefahren. Ich wollte nach Kroatien. Mal was anderes, aber Elfi hatte schon gebucht, ehe ich einen Durchsetzungsversuch machen konnte. Ist ja auch schön, die Insel. Ich gehe gern Golfen, oder

nur mal schön Radeln nach List zu Gosch. Fischbrötchen de Luxe und Pinot Grigio. Elfi hat auch so ihre Standards. „Ich geh `ne Runde Tennis spielen", sagte sie gestern und ich sah ihr nach. Ihre schlanken Beine, die aus dem kurzen Tennisrock wuchsen, ihr blonder Pferdeschwanz, der beim Gehen von links nach rechts schwang... „Tolle Frau habe ich", dachte ich und las weiter „Süddeutsche".
Der Fallschirmkurs bei Harry war ein Geschenk von ihr. Zu meinem Fünfzigsten. Wir treffen Harry jedes Jahr seit diesem Känguruh-Sprung. Er kann Elfi irgendwie nicht ansehen, wenn wir zu dritt an einer Bar was trinken. Mag sie wohl nicht, glaube ich. Na ja.

15Uhr 12. Zweitausend Meter über Westerland

Ich drehe mich wieder etwas. Esbjerg ist verschwunden. Heide auch. Dafür sehe ich klarer. Kein Dunst mehr. Niebüll scheint ganz nah und dahinter Dagebüll, wo die Schiffe nach Wyk und Amrum abfahren. Da furcht ein Kutter mit ausgebreiteten Netzen durchs Wasser. Ich werde nachher frischen Fisch im Hotel „Stadt Hamburg" essen. Wieso denke ich jetzt an Essen? Ich muss mich konzentrieren. Wo ist der Höhenmesser? Die Nadel vibriert und fällt. Gleich wird es soweit sein. Muss nur den roten Griff vor meiner linken

Brustseite ziehen. Der Rest ist wie gewohnt. Der Ruck, wenn der Schirm sich öffnet ist immer unangenehm, aber ich habe darauf geachtet, dass die Gurte gut sitzen. Einmal hat es mir fast die... zerdrückt. Da ist was in meinen Augenwinkeln. Überrascht sehe ich Harry, der da neben mir schwebt und mich so komisch ansieht...

Elfi spricht nie über Harry. Sie mag ihn wohl auch nicht. Vor ein paar Tagen waren wir Bummeln in Westerland und sahen ihn von weitem. Er hatte eine Frau am Arm und Elfi drückte mich in ein Cafe und ihre Hand in meiner war ganz krampfig. „Was ist denn?" fragte ich und sie sagte „Da kommt dieser Harry. Den muss ich jetzt nicht haben!"

Wir hatten einen seltsamen Abend. Elfi ließ sich voll laufen. Ungewöhnlich schnell. Ich brachte sie nach Hause und dann... Sowas hatte ich lange nicht mehr. Nach dem Frühstück ging sie wieder Tennis spielen und ich konnte nicht auf sie warten. Musste los zum Flugplatz, aber dann musste ich dort warten, denn Harry verspätete sich und sah ganz erschöpft aus. „Hat Dich `ne Frau fertig gemacht?" frotzelte ich und dachte an die von gestern und er sah mich so komisch an und sagte nichts...

15Uhr 13. Fünfzehnhundert Meter über Westerland

Harry sieht mich an. Ich schau mich noch mal um. Da ist der Hörnumer Leuchtturm tief unten. Die Insel ist größer geworden. Unter mir der Flughafen. Ein Airbus der „Germania" steht da an der Startbahn. Muss warten, bis Harry und ich sicher unten sind. Man stelle sich so was mal in Frankfurt vor.

Ginge gar nicht, aber hier ist Westerland und der Airbus ist einer von nur fünfen am Tag.

Elfi hatte uns zuerst nach Sylt gebracht. Wir wohnten damals in Frankfurt und ich brauchte dringend Urlaub. Ich meine, so richtig Urlaub mit nicht tun und Strand liegen. Ärztlich verordnetes Stressverbot. Viele Kinder gab´s da am Strand. Wir haben keine. Keine Ahnung warum, aber den ganzen Untersuchungskram wollten wir auch nicht und nun war das eben so. Ich hatte mal was mit meiner Sekretärin und die war schwanger geworden. Hab ihr die Abtreibung bezahlt und sie gefeuert. Lange her. Elfi war, glaube ich, immer treu. Kann man doch erwarten, oder? Ich verschaffe ihr wahrhaftig ein schönes Leben mit allem Drum und Dran.

„Oh Shit! Fünfzehnhundert!" Schön war das…, der freie Fall und so. Hab gar nicht bemerkt, wie
schnell das ging. Na gut, dann woll`n wir mal das „Bettlaken" öffnen.
Ich lege die Hand um den Griff und bereite mich auf den Öffnungsstoß vor. Jetzt!...
Verblüfft sehe ich den Griff an. Ich habe ihn ganz herausgezogen, aber irgendwie… Ich ziehe noch mal mit aller Kraft!
Warum geht der Schirm nicht auf?
Harry sieht mich an und ich schreie…

15Uhr 14. Tausend Meter über Westerland

Ich versuche ganz cool zu bleiben. Das ganze Rütteln und Ziehen hat nichts gebracht. Durch die Bewegung bin ich aus dem Gleichgewicht und drehe mich dauernd. List oben, List unten. Hörnum, Westerland, Flugplatz…Wasser… Land…Himmel…

„Der Notschirm!" denke ich. Ich habe ja noch den Notschirm vor der Brust. Rechts ist der Griff. Wie hoch? Unter Tausend. Verdammt geht das jetzt schnell. Wie groß der Flugplatz ist. Daneben der Golfplatz. Nachher kann sich Harry aber auf was gefasst machen. Er hat gestern für mich den Schirm gepackt, weil Elfi Stress gemacht hat von wegen: „Ich habe Hunger! Komm schon." Hat mir versichert, dass alles hundertprozentig in Ordnung ist, der Blödmann!

Andere wären jetzt vielleicht schon in Panik, ich bin seltsamerweise ganz ruhig. Neben mir taucht Harry auf und grinst. Wieso grinst Harry?

Ich ziehe den Griff des Rettungsschirms. Er ist kleiner und die Landung wird bestimmt hart.

Höchste Eisenbahn! Ich ziehe also…

Elfi war heute Morgen irgendwie komisch. Dabei wollte sie doch, dass ich diesen Freifallkurs mache. „Bist Du sicher, dass Du das heute machen willst?" hatte sie beim Frühstück gefragt und ganz blass ausgesehen. Dann war sie zum Tennisplatz gefahren. Anfassen durfte ich sie auch nicht so recht. Sie wollte nicht mal mitkommen, aber darauf habe ich bestanden. War ja schließlich ihre Idee, dass ich den Kurs mache. Dann will ich auch gelobt werden nach der Landung.

Nächsten Montag geht's zurück nach Frankfurt ins Hamsterrad. Bis zum nächsten Urlaub.

15Uhr 15. Dreihundert Meter über Westerland

Ich kann nichts mehr tun. **„Ich kann nicht mehr tuuuun!"** will ich schreien, aber kein Ton kommt. Der Fahrtwind drückt mir die Kehle zu. Ich sehe nach oben. Da schwebt Harry an seinem Gleitschirm. Rot und Blau und oben und grinst mich mitleidig an... und ich begreife endlich. Die ganze Komödie. Harry und Elfi. Und ich arme Sau...
Ich suche den Boden ab, der nur noch Sekunden entfernt ist und immer größer wird. Da steht Elfi in ihrer blauen Jacke und sieht zu mir hoch. Hand vorm Mund. „Na? Schlechtes Gewissen? Musst Du kotzen?" Die ganze Zeit... Wie lange schon?
Ein bisschen kann man lenken, hab ich gelernt. Der Boden kommt näher. Ich drehe auf sie zu. Ich werde ihr vor die Füße knallen. Vielleicht treffe ich sie sogar?
Das Gras ist so grün. Müsste mal gemäht werden. Elfi` Augen-Riesengroß. Sie schreit!
Ich werde...

„Rauchen gefährdet ihre Gesundheit…!"

Es fiel ihm schwer die Augen aufzuklappen. Erst die ungewohnten Schnäpse der Bayern, dann das selbst gemischte Zeug von Jana. Von den Bieren gar nicht zu reden. Aua, tat das weh im Kopf. Der Zeltstoff flapperte leicht über seinem Kopf und langsam erinnerte sich Wolfgang wo er eigentlich war. Usedom. Campingplatz Zinnowitz. Ferien. Er sah sich um, fühlte mit der Hand hinüber zu Jana… Keine Jana, nur ihr Schlafsack und der war offensichtlich nicht benutzt. Ordentlich glatt gestrichen. Wolfgang richtete sich mühsam auf und versuchte sich an den Abend zu erinnern. Die Münchner… Bazis ! Sie hatten am Nachmittag ihr Igluzelt neben ihres gestellt. Bayern München Fans auch noch! Vereinswimpel an der Zeltstange. Einer hatte sogar ein Originaltrikot von Olli Kahn angehabt, na ja, so eine Fan-Kopie und Jana hatte…
Oh Shit, seine Blase ! Wolfgang zwängte sich aus dem Schlafsack und zog den Reißverschluss des Zelteingangs auf. Gerade noch rechtzeitig fiel ihm ein, dass er ja nichts an hatte und angelte nach seiner Badehose. Draußen war noch alles ruhig, abgesehen von den blöden Möwen, die nie die Klappe hielten. Die ersten Sonnenstrahlen trafen Wolfgang brutal in den Augen und er blinzelte. Schöner Anblick das, aber jetzt schnell aufs Klo. Ahh tat das gut. Noch niemand hier außer ihm und Wolfgang realisierte, dass ihn der übermächtige Drang zu dieser unchristlichen Zeit aus der warmen Koje getrieben hatte. Aber wo war Jana? Er begann sich Sorgen zu machen.

Sie kannten sich seit acht Jahren. Gymnasium-Einschulung in Potsdam. Seit der Neunten Klasse einseitige Schwerverliebtheit seinerseits, Sylvester drauf dann auch sie. Da hatte er gerade sein erstes geiles Konzert mit den „Heavybeats" abgeliefert. In der Schulaula, und Jana konnte wohl nicht mehr anders. Zwei Jahre nun schon. Sie war einfach…

Die Möwen schrien wieder und ihm fiel wieder ein, dass sie nicht da war. Verdammt, wo war sie? Strandspaziergang sicher, aber der Schlafsack? Sie war sonst nicht so ordentlich. Er blieb stehen und sah sich um, jetzt von keinem Drang mehr getrieben. Die Sonne stand Handbreit über der Ostsee. Pfeilgerade einen glitzernden Pfad auf ihn zu malend. Keine Wellen, bloß so ein bisschen Bewegung. Weit draußen ein Fischkutter, dessen Diesel leise rüber klang. Dahinter, kaum sichtbar wegen der Tarnfarbe, eine Fregatte der Marine. „Klasse 123", dachte Wolfgang automatisch. Nach dem Abi wollte er zur Bundesmarine und auf die „Schleswig-Holstein" oder so. Somalia vielleicht. Die verdammten Piraten schocken! Sein Schädel drehte sich wieder und er schlurfte zum Zelt zurück und kuschelte sich in den Schafsack. „Jana ist zurück, wenn ich aufwache. Wird ein toller Strandtag", dachte er und segelte weg.

Jana war nur drei Meter entfernt. Sie hatte bis eben wie tot geschlafen. Nachdem Wolfgang plötzlich verschwunden war, hatte sie mit Ecki, Sepp und Kalle weiter gefeiert. Nun lag sie zwischen Ecki und Kalle in deren Zelt. Eckis Hand auf ihrem nackten Bauch, Kalles Hintern, ebenfalls nackt, an ihren Oberschenkel gepresst. „Oh Gott!", dachte sie. Eigentlich konnte sie sich an nichts erinnern. Filmriss! Aber die Situation war ziemlich eindeutig. Sie sah sich vorsichtig um. Ecki ging ja noch, aber Kalle... Übelkeit kam auf. Schon hell draußen..., hoffentlich schlief Wolfgang noch.

Vorsichtig, um die Bayern nicht zu wecken, suchte sie ihre Sachen, fand aber nur ihr T-Shirt und ihre Shorts. Wahrscheinlich lag einer von denen auf ihrem Slip. Na egal. Langsam krabbelte sie zum Ausgang und zog so leise wie möglich den Reißverschluss auf. Kalle richtete sich auf, sah sie mit glasigen Augen an, murmelte „Ah geh, leg Di nieder" und fiel wieder hintenüber. Jana sprang auf und rannte zu ihrem Zelt. Sie lauschte. Wolfgang schnarchte leise. „Gott sei Dank", dachte sie und schlüpfte hinein. Sie zog Shirt und Shorts aus und kletterte mit klopfendem Herzen in ihren Schlafsack, dessen Rascheln und Knistern ihr so laut wie ein vorbei fahrender Autobus vorkam. Wolfgang drehte sich um und legte im Schlaf seine Hand auf die Stelle, auf der eben noch Eckis gelegen hatte.

Sie gönnten sich ein Frühstück in der Bäckerei an der Strandpromenade. Spätes Frühstück, denn es war nun schon nach Elf. Wolfgang hatte nichts gesagt als er erwachte. In Janas Kopf wirbelten die Gedanken. Der blöde Obstler, der war Schuld. GottohGott, ob sie mit allen dreien?.... Hoffentlich waren die weg nachher. Jana erinnerte sich, dass die Bayern nach Rügen weiterfahren wollten. Wolfgang biss in sein Brötchen. „Wo warst Du denn heut morgen?" nuschelte er unter Kaugeräuschen. „Ich musste mal raus und Du warst nicht da…" Jana senkte die Augen. „Am Strand", sagte sie und heulte plötzlich und Wolfgang sprang erschrocken auf und zu ihr rüber. „Was ist denn…", sagte er hilflos und Jana presste seine Hand. „Ach nicht…", antwortete sie und schluckte, um sich unter Kontrolle zu bekommen. „Hol mir noch einen Tee, ja?", bat sie und Wolfgang ging an den Tresen. „Wollen wir an den Strand?" fragte er wenig später. Jana schüttelte den Kopf. Im Moment wäre sie am liebsten sofort abgereist, aber das ging nicht. „Lass uns auf die Seebrücke und dann vielleicht am Ufer entlang nach Heringsdorf", schlug sie vor, um den Bayern Zeit zum Abhauen zu geben. Oh, sie hoffte, dass die weg wären, wenn sie zurückkämen. Wolfgang hatte eigentlich Lust auf Baden, aber wenn Jana das wollte…

Zinnowitz ganzer Stolz sind die renovierten Villen aus der Gründerzeit. Na ja, der Stolz der meisten Einwohner. Manche hätten lieber moderne Hotels und Appartementhäuser an ihrer Stelle gesehen. Aber das Geld aus dem Solidarpakt war Projekt gebunden gewesen. Förderung nur bei Restaurierung. Na gut. Man gewöhnt sich eben an alles!!!

Sie lehnten nebeneinander am Kopfende der Brücke und beobachteten die Segelyachten, die ziemlich dicht vorbeifuhren. „Wenn ich Leutnant bin, können wir uns auch so ein Boot leisten", sagte Wolfgang und Jana schwieg. Wolfgang… Ihr war klar- und nicht erst seit letzter Nacht- dass ihr Verhältnis mit dem Abitur ein Ende finden würde. Er wollte zur Marine und sie… Genau wusste sie das noch nicht, aber irgendwo studieren. Auf jeden Fall erst mal ins Ausland. Italien oder so. Zur Not als Au-pair , auch wenn sie kleine Kinder hasste. „Wäre doch schön", meinte er, aber Jana schwieg. Sie schlenderten bis fast nach Heringsdorf, drehten dann aber um und Jana wurde immer beklommener zu Mute, je näher sie dem Campingplatz kamen. Einen Moment schien es, als wenn der Platz neben ihrem Zelt leer wäre, aber es stand noch da, das Bayernzelt. Zum Glück waren die gerade nicht da. Sie holten ihr Badezeug und lagen kurz darauf im Sand. Wolfgang cremte ihr den Rücken ein, dann sie ihm. Jana vergrub die Zehen im Sand und versuchte an Nichts zu denken.

„Guck mal, die haben ein Boot", sagte Wolfgang. Sie richtete sich auf und sah in die Richtung, in die Wolfgang wies. Zwei der Bayern, sie konnte Ecki erkennen, saßen in einem - natürlich- Blau-weißen Gummikajak. „Hey Jana!" riefen die Bayern jetzt, weil sie sie erkannt hatten. „Mogst mitfahrn?" Sie schüttelte vehement den Kopf und legte sich wieder hin. Wolfgang stand auf und ging zum Ufer hinunter um sich das Boot näher anzusehen. „Kannst Dir nachha ausleie. Host uns jo auch wos leiht!" schrie Kalle. Die Bayern grölten und Wolfgang, dem der Zusammenhang fehlte nickte freundlich, ging dann aber zu Jana zurück. „Blöde Bande, die Bazis", sagte er. „Sitzen da im Boot und paffen um die Wette." Wolfgang hatte kein Verständnis für Raucher und ausgerechnet in so einem Gummiboot an der frischen Luft... Ne! „Was ist denn los mit Dir", fragte er plötzlich besorgt, denn Janas Schultern zuckten, weil sie wieder heulen musste. Später als sie wieder am Zelt waren kamen die Bayern herüber. Kalle grinste Jana an. „Kommts nüber. Wia mochn da weida, wo wia gestern aufg`hört hobn", kicherte Sepp.

„Haut ab, ihr Idioten!" kreischte Jana plötzlich, sprang auf und verschwand im Zelt. Wolfgang verstand immer noch nichts. Er hätte nicht gegen eine neue Feier gehabt. „Host a pfundige Freindin", sagte Ecki anzüglich und machte eine Geste des Melonenwiegens und Wolfgang dämmerte, dass da vielleicht etwas vorgefallen war. „Heute nicht", sagte er und die drei Münchner zogen ab.

Eine Stunde später hatte Jana alles gebeichtet. Wolfgang starrte vor sich hin und machte sich Vorwürfe, dass er sie mit den betrunkenen Bayern allein gelassen hatte. „Alles meine Schuld", jammerte er. „Wenn die morgen noch bleiben...", flüsterte Jana, „dann will ich weg." Wolfgang nickte und erwog, sich mit den dreien auf eine Schlägerei einzulassen, sah aber ein, dass er den Kürzeren ziehen würde. Nebenan wurde es wieder laut und obwohl Jana und Wolfgang nicht alles verstanden war ihnen klar, dass sie sich über ihre Vorzüge ausließen. Wolfgang kochte innerlich, wusste aber nicht, was er tun sollte. Aber dann musste Jana zur Toilette und er begleitete sie. Die drei schon wieder vollkommen Betrunkenen lagen vor ihrem Zelt und als Jana und Wolfgang vorbei gingen richtete sich Sepp auf. „Schauts, mia hobn a neies Fahnderl", lallte er und wies auf die Zeltstange, an der Janas Slip anstelle des FC Bayern Wimpels hing. Wolfgang wollte auf ihn los, aber Jana riss ihn zurück.

Nach Mitternacht schlich Wolfgang zum Strand. Hinter ihrem Zelt parkte ein Wohnwagen, dessen Inhaber nicht da waren. Wolfgang kannte sich aus. Auf der Deichsel gab es einen Behälter in dem die Gasflaschen standen. Leise nahm er eine der großen roten Stahlflaschen heraus und trug sie an den Strand. Dort lag das Gummikajak der Bayern. Er sah sich um. Alles schlief. Jana, die Bayern... Der ganze Campingplatz. Das Kajak hatte drei Gummizellen im Boden, die das Boot stabilisierten. Er ließ die Luft ab, befestigte einen Schlauch an der Gasflasche und drehte das Ventil auf. Das andere Ende des Schlauches drückte er auf das Ventil des nun schlaffen Bootsbodens, das sich nun schnell mit Propangas füllte. Okay, das musste reichen. Wolfgang brachte die Gasflasche zurück. Er ging noch einmal zum Kajak und holte die Nähnadel heraus, die er aus dem kleinen Knopfannäh-Set Janas hatte. Sechs kleine Pickser in die Gummiwülste... Das Gas, schwerer als Luft, würde nur sehr langsam entweichen, aber wenn sich jemand reinsetzte und Druck ausübte...

Am Morgen brachen Jana und Wolfgang ihr Zelt ab. Die Bayern schliefen noch. Als alles in dem kleinen Twingo verstaut war, den Wolfgangs Mutter ihm geliehen hatte, ließ er den Motor an. Jana zog die Heringe aus dem Bayernzelt, dessen Insassen fluchend erwachten, als das Zelt über ihnen zusammen sackte. Jana sprang ins Auto und sie fuhren los. „Wohin", fragte Wolfgang, denn darüber hatten sie noch nicht gesprochen. „Nach Hause", antwortete Jana traurig und Wolfgang drehte das Radio an.

Niemand konnte sich den Unfall erklären. Die Polizei nicht, die Küstenwache nicht...niemand. Drei junge Männer hatten in ihrem Gummiboot geraucht, das hatten Zeugen gesehen. Dann war das Boot explodiert. Einfach so...

„Rauchen gefährdet ihre Gesundheit" hatte auf ihrer Zigarettenpackung gestanden. Nun war Ecki tot und Sepp und Kalle lagen mit schweren Verbrennungen in der Greifswalder Klinik.

Agneta muss brennen

Hier?" Klaus Rawen deutete auf einen Tisch am Fenster. Ingo Rawen, sein fast acht Jahre älterer Bruder nickte und setzte sich. Ingo nahm ihm gegenüber Platz und öffnete sein Jacket. Das war einer der Unterschiede zwischen den Brüdern. Klaus, 45Jahre alt, selbstständiger Werbekaufmann und „Mann des öffentlichen Lebens"- Immer gut gekleidet und bereit, jederzeit dem Ministerpräsidenten gegenüber zu treten- und Ingo, demnächst 53, mehr schlecht als recht lebend von den immer spärlicher werdenden Aufträgen als Tischler. Immer irgendwo ein Riss oder ein Farbklecks an der mehr als legeren Kleidung.

Sie hatten sich länger als ein Jahr nicht gesehen, obwohl sie gar nicht so weit voneinander entfernt lebten. Klaus in Lübeck, wo er auch sein Büro hatte und Ingo in Neustadt. Neustadt in Holstein, wie es offiziell hieß, denn es gibt ja eine Unzahl Neustädte in Deutschland. Der Anlass war der Tod ihres Vaters, der bis zuletzt in seiner kleinen Wohnung am Marktplatz gelebt hatte. Vor einer Woche war die Beerdigung gewesen. Nur ein paar Leutchen waren gekommen. Ein alter Freund, dessen äußeres Erscheinungsbild vermuten ließ, dass er dem Verblichenen wohl bald Gesellschaft auf dem Friedhof leisten würde und die Familie. Klaus mit seiner Frau Mona, einer attraktiven Mittvierzigerin, beider Kinder Sven und Jonas und Ingo , nebst seiner langjährigen Dauerfreundin Heike.

Schon ein bisschen verlebt, aber doch in gewisser Weise anziehend aussehend, selbst im schwarzen Kostüm.

Heute nun waren Klaus und Ingo bei Notar Weichmann gewesen. Es hatte beide überrascht, dass es ein Testament gab. Der alte Rawen hatte nie etwas davon erzählt und keiner der Brüder hatte auch nur vermutet, dass es da überhaupt etwas zu erben geben könnte.

„Willkommen zur Testamentseröffnung", hatte Weichmann gesagt und nochmals sein Beileid ausgedrückt. Was dann kam verschlug Ingo und Klaus die Sprache…

Nun saßen sie im „Cafe Krabbe", direkt am Hafen. „Was darf ich den Herren bringen?" fragte
die ausnehmend hübsche junge Frau, von der Klaus wusste, dass es sich um die Besitzerin
des gemütlichen Cafes handelte. Sie bestellten Kaffee und Klaus sah ihr nach. Wie immer inspirierte es ihn, wenn er Röcke um wohlgeformte Beine schwingen sah…

„Das ist ein Ding…", sagte Ingo. „200.000Euro. Wie hat er die bloß zusammen gespart."
Klaus zuckte die Schultern. „Hat doch nie was für sich ausgegeben. Ich wette, Mutter wusste das nicht. Sie wäre so gern mal mit einem Kreuzfahrtschiff gefahren…" Ingo nickte.
„Tja, arme Mutter." Sie war - ohne Kreuzfahrt - vor drei Jahren gestorben.
Der Kaffee wurde serviert. Mit Zuckerdose, Milchkännchen und einem Lächeln, das Klaus erwiderte. Ob sie wohl…

Ingo trank und sah aus dem Fenster. „Was machst du mit deinem Anteil?" fragte Klaus und rührte lautstark in der Tasse herum. „Ach...", sagte Ingo und beschloss, es seinem Bruder einfach zu sagen.

„Guck mal da rüber", sagte er und wies zum Hafen hinüber. „Siehst du den hohen Mast, da neben „Klüvers"? Das ist ein alter Haikutter. Nicht so gut in Schuss, aber für einen Holzwurm wie mich... ich würde damit Ausflugsfahrten und Segeltörns anbieten." Klaus blickte seinen Bruder überrascht an. „Du weißt doch, wie riskant das ist", sagte er. „Da haben sich schon viele damit verhoben. Der lange Winter... Die Vorschriften..." Ingo nickte resigniert. „Ich weiß... Reicht sowieso nicht. Inklusive der nötigen Reparaturen und Anlaufkosten bräuchte ich deinen Anteil auch..."

Klaus ging es gut, zu der Zeit. Aufträge von zwei großen Firmen. Geld, dass er listenreich – mit Hilfe seines Steuerberaters – am Fiskus vorbeischummeln musste...

Sie machten einen Vertrag. Unter sich und ohne Anwalt. Mona und Heike unterschrieben als Zeugen. Mona, die zwei Kreditkarten mit unbegrenztem Limit mit sich herum trug mit einem Achselzucken, Heike mit ein bisschen Widerwillen, denn sie hasste ihre neue Konkurrentin, den Kutter „Agneta", schon jetzt. Sie hatte sich bereits ausgemalt, dass sie endlich mit Ingo lange Reisen hätte machen können. Aber nicht auf „So einem alten Pott", sondern mit dem Flieger. Hawaii, Malediven...

Der Vertrag besagte, dass Ingo das ganze Geld in die „Agneta" stecken konnte. Klaus wollte
Da, „wegen der verdammten Steuer" nicht in Erscheinung treten. Ingo schloss eine Versicherung ab, die – im Falle des Verlustes des Schiffes – einzig und allein Klaus zustehen würde...

Drei Jahr war das her. Drei eher holperige Jahre für Ingo, Heike und die „Agneta". Das Boot hatte keinen großen Investitionsstau gehabt, weshalb die Einnahmen – weit weniger als Ingo gerechnet hatte- auch so eben ausreichten. Heike, die von Ingo damit getröstet worden war, dass sie ja im Winter reisen könnten, hatte aus eben diesem Grund darauf verzichten   müssen und dachte hin und wieder ernsthaft daran, Ingo zu verlassen.

Klaus hatte, wie man so sagt, „Einen verplättet" bekommen. Erst war die eine Firma abgesprungen, bald darauf die Zweite. Nun reichte die Arbeit nicht mehr für sechs Mitarbeiter. Klaus entließ sie, bis auf eine, mit der er ein „Mittagspausenverhältnis" hatte.
 Mona hatte irritiert bemerkt, dass es plötzlich Limits auf ihren geliebten Kreditkarten gab... Peinlich!!!
„Du musst Ingo sagen, dass du jetzt deinen Anteil haben willst", drängte sie.
Klaus versuchte es. Wagte aber nicht, Ingo richtig unter Druck zu setzen, weil er seinem Bruder nicht sagen mochte, wie ernst für ihn die Lage war. Er war doch immer der Gewinner gewesen...

Ingo hatte erwartungsgemäß abgelehnt. „Nee, du, passt jetzt gar nicht. Vielleicht nächstes Jahr, wenn die Piratentörns anlaufen..."

Wieso er sich mit Heike darüber beriet... Eigentlich hatten sie und Klaus nie viel miteinander „am Hut" gehabt, aber nun entdeckten sie gemeinsame Interessen. Seine Geldnot und ihre Reiselust... Heike hatte viel - auch recht schräge – Phantasie und ihr Plan gefiel Klaus.

Der Sommer war vorüber. Die Touristen waren in der Mehrzahl weg und Neustadt gehörte wieder den Einwohnern und den Leuten aus den Ortschaften rings um die Bucht. Ingo hatte die „Agneta" auf die andere Seite des langgestreckten Neustädter Hafens verholt. Im Sommer hatte das Schiff genau vor dem Restaurant „Klüvers" gelegen und große Aufsteller hatten dazu eingeladen, Rundfahrten mit ihr durch die Lübecker Bucht zu machen. Ingo hatte alles versucht. Hochzeitsfeiern an Bord, Firmenjubiläen, Geburtstage, spezielle Kinderfahrten... Aber das Betriebskonto blieb bei Ebbe, denn jedes Mal tanken, jeder Zubehörkauf schlug enorm zu Buche. Auch die Hafenverwaltung verlangte Liegegeld, wenn es auch für Traditionsschiffe wie die „Agneta" verbilligt war. Hier, auf der anderen Seite vor dem Getreidespeicher war das entschieden günstiger, wenn es auch schwieriger war, Kunden an Bord zu locken.

Ende Oktober. Die Zeitumstellung war am letzten Wochenende gewesen. Der „Hansa Park", der große Vergnügungspark in Sierksdorf gleich um die Ecke hatte, wie immer, mit einem gewaltigen Feuerwerk seine Tore für die Saison geschlossen. An den Fenstern vieler Gaststätten hingen nun Schilder auf denen „Geschlossen" stand. Auf einigen auch „Zu vermieten", oder" zu verkaufen", je nachdem, wie die Saison gelaufen war.

„Krabbes" war und würde offen bleiben. Dort lief es gut. Klaus Rawen saß in einer Ecke und trank sich etwas Mut an. Er war nun ein paar Mal hier gewesen. Immer in der vagen Hoffnung, mehr als ein freundliches „Was darf ich ihnen bringen…" von der netten Besitzerin zu hören, der nicht einmal auffiel, dass der Mann sie „so" ansah. Eigentlich war sie das - sich ihres Aussehens bewusst – gewohnt.

Zwei Bier und einen Korn später erschien Heike. Ein interessierter Betrachter hätte amüsiert konstatiert, dass da wohl ein paar ältliche „Ghosties" saßen. Heike und Klaus ganz in schwarz, wobei Klaus sogar ein bisschen dem alten Jonny Cash ähnelte. „Hast du alles?", fragte Heike und trank den Ramazotti, den sie bestellt hatte, auf Ex. Klaus nickte. „Zahlen bitte", rief er und die Wirtin kam erleichtert an den Tisch. Gleich, wenn die beiden weg waren, konnte sie Feierabend machen.

Sie verließen das Lokal und überquerten die Straße. Auch bei „Klüvers" war heute um diese Zeit – halb Zwölf – schon Schicht. Alles leer und verlassen… Sie umrundeten das Hafenbecken. Über die Brücke, vorbei am Griechen… Dort lag die „Agneta" neben dem Getreidespeicher. Heike lehnte sich, nun doch nervös, an den Zaun. Schmiere stehen war ihre Aufgabe. Klaus holte einen Rucksack aus dem Kofferraum seines Wagens. Heike hätte die Bootsschlüssel vom Brett neben der Tür des Hauses, das sie mit Ingo bewohnte nehmen können, aber es sollte nach Einbruch aussehen. Leise und ungesehen schlich Klaus an Bord.

Das Schloss am Eingangsluk hielt dem mitgebrachten Brecheisen – vorhin bei „Toom" gekauft – nicht stand. Klaus kletterte die Holztreppe hinunter „Verdammt steil" knurrte er.

Er fummelte an der Grubenlampe, die er ebenfalls bei Toom gekauft hatte herum. Das

Gurtband spannte um seinen Kopf. Endlich fand er den Knopf und ein schwacher Lichtschein erhellte den Raum. Gleich rechts unter der Treppe gab es eine Tür, die er öffnete. Zwei Kanister gefüllt mit Diesel, standen da. Prima. Klaus nahm einen und wollte nach vorn gehen, überlegte es sich aber, schraubte den Verschluss auf und begoss großzügig die Treppe, die Handläufe, die Seitenbänke und den Boden – alles knochentrockenes Holz – mit dem stinkenden Treibstoff, dessen Ausdünstungen ihm sofort in die Lungen fuhren und ihn

fast zum Kotzen brachten. Weiter nach vorn... Er öffnete die Tür zur Vorderkajüte, ging hinein und begoss ebenfalls alles, was brennbar aussah.

Keine Ahnung, was Heike ritt. Ein Teufel auf jeden Fall, aber so einer ? Plötzlich wollte sie ALLES. Reisen und Geld. Das Ganze. Warum auch nicht? Die Gelegenheit war günstig. Sie verließ ihren Posten und kletterte leise an Bord. Von vorn kam ein dünner Lichtschein. Fast wäre sie auf der Treppe ausgerutscht. Zehn leise Schritte nach vorn... Klaus drehte sich um. „Was machst du hier?", fragte er verwirrt. Sie knallte die Vorschifftür zu und schob die beiden starken Riegel vor. „Was soll das..." rief Klaus. Sie nahm die alte Ausgabe des Reporters, der noch auf dem Tisch lag, fischte das Feuerzeug vom Regal und zündete es an.

Auch der Reporter war bereits mit Diesel getränkt und das Feuer verschlang ihn. Obwohl Diesel einen relativ hohen Zündpunkt hat, erschreckte sie die heftige Stichflamme. Heike ließ die brennende Zeitung fallen, drehte sich um und rannte zur Treppe. Während sie die erste Stufe erklomm und Klaus an der verschlossenen Kajütentür rüttelte, brannte bereits der Tisch und ein Teil des Bodens. Fast gierig verschlangen die Flammen alles leicht entzündliche, bevor das trockene Holz selbst Feuer fing. Wenn jetzt sofort eine erfahrene Löschmannschaft zur Stelle gewesen wäre, hätte die „Agneta" ihrem Schicksal noch entkommen können... Es war keine Löschmannschaft da.

Heike schaffte es bis zur vierten Stufe von unten, dann rutschte sie auf dem vom Diesel glitschigen Belag aus. Ihre Hand griff zu dem Handlauf... und rutschte aus dem gleichen Grund ab. Sie schlug rücklings auf den Boden und als ihr Oberschenkel brach, hörte sich das wie das Knacken eines trockenen Astes unter den Schuhen eines Wanderers an. Sie schrie, jetzt im Duett mit Klaus, denn unter der Tür zum Vorschiff kam dichter Rauch und erste

Flammen hervor. Entsetzt sah Heike eine Flammenspur, die sich auf dem Boden auf ihr grotesk, fast ein wenig obszön abgespreiztes gebrochenes Bein zu bewegte. Jetzt entflammte ihre Hose und die darunter befindliche Strumpfhose aus Nylon. Seltsamerweise spürte sie fast keinen Schmerz, aber das Entsetzen, das sie empfand, war grenzenlos. Züngelnde Flammen leckten über ihren Körper. Die Haut ihres Beines platzte, wie eine Bratwurst auf dem Grill und das war das letzte, was Heike

bewusst wahrnahm. Sie versank in Bewusstlosigkeit, während das Feuer sie verzehrte.

Klaus wich kopflos zurück und stolperte über einen herumstehenden Eimer. Der Lichtstrahl seiner Grubenlampe fiel direkt nach oben auf die Luke zum Oberdeck und er öffnete sie und schwang sich an Deck, als unter ihm eine Feuerlanze unter dem Türspalt hindurch stieß und den Raum förmlich explodieren ließ. Er taumelte und sprang dann über die Reling auf den Kai. Sekundenlang stand er da. Unfähig sich zu bewegen. Aus der geöffneten Einstiegsluke und der Vorschiffsluke, durch die er eben dem Inferno entkommen war, drang Rauch und erste, fast dunkelrote Flammen. Von der anderen Hafenseite drangen Stimmen und ein

Schrei herüber. „Holt doch die Feuerwehr!" schrie jemand. Klaus erwachte aus seiner Starre und wich ins Dunkel hinter dem Getreidespeicher zurück.

Die Feuerwehr brauchte nur zehn Minuten, aber der Brandmeister sah sofort, dass da nichts zu machen war. „Zurück, Leute. Vielleicht ist da noch Treibstoff an Bord und Gasflaschen.

„ Kontrolliert abbrennen lassen. Wird ja wohl keiner an Bord gewesen sein." Wie recht er mit seiner Befürchtung bezüglich der Gasflaschen hatte erwies sich kurz darauf. Die Macht der Explosion sprengte ein Loch in den Rumpf und Ingo Rawen, den jemand angerufen hatte, sah gerade noch, wie sich „seine" „Agneta" jedenfalls deren Reste, drehte und, die Leinen zerreißend, im Hafen kenterte. Ein lautes Zischen ertönte, als das Wasser die Flammen besiegte, und Ingo weinte.

Klaus konnte nicht zu seinem Auto, denn da standen eine Menge Zuschauer auf dem Parkplatz und die unzähligen Blaulichter von Polizei und Feuerwehr überzogen den ganzen Hafen mit einem unwirklichen Licht. Er überquerte unauffällig die Straße zu dem großen Parkplatz neben dem Sportplatz. Die öffentliche Toilette war zum Glück offen. Lange, lange versuchte er sich zu waschen, aber der Gestank nach Diesel und Rauch blieb haften. Drei Stunden verkroch er sich auf der Toilette.

Nachdem es nichts mehr zu tun gab, rückten Polizei und Feuerwehr ab. Die Feuerwehr hatte noch eine Schlauchsperre um den versunkenen Rumpf des Kutters gelegt, um austretenden Treibstoff aufzufangen.

Klaus wartete einen passenden Moment ab, schlich zum Parkplatz, bestieg sein Auto und fuhr davon. Auf dem ersten Parkplatz außerhalb der Stadt hielt er, zog sich rasch aus und stopfte seine stinkenden Sachen in einen Müllsack, den er ins dichte Gebüsch warf. Im Kofferraum hatte er seine Sporttasche und er zog seinen Trainingsanzug an und sprühte den gesamten Inhalt der Deo-Dose über sich und in den Innenraum des Autos. Dann fuhr er nach Haus.

Ingo dachte, Heike wäre bei einer Freundin. Er brach zusammen, als die Bergungsexperten, ihre verkohlten Reste im Rumpf der „Agneta" fanden. Der DNA Abgleich mit den Haaren aus Heikes Haarbürste brachten Gewissheit. Der geöffnete Kanister und andere Spuren überführten sie in den Augen der Ermittler als Brandstifterin.

Klaus hatte sich eisern im Griff. Zwei Tage nach dem Brand saß er −natürlich nicht im Cafe Krabbe, wo sich die Bedienung vielleicht an ihn im Zusammenhang mit der Brandnacht erinnern würde - dem völlig gebrochenen Ingo gegenüber. „Da", sagte der und reichte Klaus die Versicherungspolice. „Regel das bitte. Ich kann das nicht…"
Klaus nahm das Papier,
glättete es und bestellte sich und seinem Bruder einen Schnaps. Sie tranken schweigend, dann ging jeder seines Weges.

Der hohe Wächter

Sie war davon überzeugt, eine große Künstlerin zu sein. Schon immer. Allerdings war das bisher nur wenigen bekannt. Immerhin hatte sie es schriftlich.

Regina Heise-Mertenbusch hatte die Kunstakademie Lerchenfeld in Hamburg mit Diplomabschluss in Malerei absolviert. Das war nun fünfundzwanzig Jahre her. Und? War sie nun Künstlerin? Wo war die große Karriere?

Sie ging zum Fenster hinüber, das den ganzen Giebel umfasste und einen herrlichen Blick auf die an diesem Tag ziemlich aufgewühlte Ostsee freigab. Auf dem Fensterbrett stand noch ein halb volles Glas Rotwein vom Vorabend. Regina trank es mit einem Schluck leer und verzog das Gesicht. Die Nacht und der halbe Tag in der Sonne hatten den Wein nicht besser gemacht.

Unten im Haus bellte Ronja, ihr Golden Retriever, einmal kurz, um anzuzeigen, dass es Zeit für einen Spaziergang war. Regina warf einen Blick auf die fast fertige Statue in der Mitte des Raumes. Sechs Wochen Arbeit. Die Figur stellte einen nackten Mann dar, der in die Ferne spähte, wobei er die rechte Hand als Sonnenschutz über die Augen hielt. Das war komplizierter gewesen, als sie gedacht hatte. Dauernd war Gips heruntergekleckert.

Noch ein bisschen Nacharbeit hier und da, und morgen, ja, morgen würde sie endlich ihren Durchbruch haben – ihre große Vernissage im Hotel „Hohe Wacht", der ersten Adresse weit und breit. Zwanzig großflächige Landschaftsgemälde, ein paar Akte und fünf Figuren aus Gips auf Drahtskelett. Auch alle groß, denn groß liebte sie. Pizza, Männer, Bilder – Hauptsache groß.

So groß wie ihr Hunger nach Anerkennung, die ihr bisher versagt gewesen war. Morgen würde sich das ändern. Doktor Fersemann, der Kurator der Hamburger Kunsthalle würde kommen, ebenso ein paar Reporter.

Ronja jaulte wieder und sie ging hinunter, nahm ihre Jacke und befestigte die Leine an der schwanzwedelnden alten Hundedame, die sich freute, dass es endlich losging. Das Haus lag an der Waldstraße. Sie hatte es von ihrem Vater geerbt und „stylisch" eingerichtet. Thorsten Heise, ihr Mann und erfolgreicher Finanzmakler, lebte in der Stadtwohnung in Hamburg. Früher war er viel gependelt, fast jeden Abend, aber das war längst vorbei.

„Komm, Ronja!", rief Regina ärgerlich, denn der Hund liebte es, an jedem Stein zu schnuppern und dafür hatte Regina heute keine Zeit.

Ein schmaler Weg führte zwischen Gärten hindurch zum steinigen Strand, an dem einige Boote lagen. Voraus war der Leuchtturm von Behrensdorf zu sehen. Sie zog die Jacke enger um sich, denn jetzt, Anfang Mai, blies ein unangenehm kalter Wind übers Wasser.

Eine Yacht lief draußen mit großer Schräglage in Richtung Fehmarn. Im Hintergrund war die große Sundbrücke schemenhaft zu erkennen. Weiße Wolkenfetzen vor blauem Himmel, Boot und Möwen. Sie nahm das Panorama als Vorlage für ein neues Bild in sich auf und wusste gleichzeitig, dass es sinnlos war, so etwas zu malen. Jeder, der irgendwie malte, tat das – vom Kindergartenkind bis zur Oma. Damit war kein Blumentopf mehr zu gewinnen.

Seufzend machte sie kehrt und Ronja folgte brav.

Thorsten Heise war wütend. Auf die Konjunktur, die übervorsichtigen Anleger und auf Maja, seine Freundin, die ihm gerade gestern die finale Pistole auf die Brust gesetzt hatte. Bruschetta, eine hervorragende Lasagne und eine Flasche Barollo bei „Angelo" an der Außenalster, danach eine berauschende Liebesnacht in Majas Loft.

Nun wollte sie geheiratet werden – ohne Wenn und Aber. Und Thorsten, noch betäubt von ihrem Parfüm und in ihren weichen Armen liegend, hatte es versprochen. Verdammt, bin ich blöd!, dachte er und gab seinem Porsche die Sporen, um einen LKW zu überholen. Gleich würde er in Hohwacht sein. Wie sollte er *das* Regina sagen? Andererseits war er erleichtert, dass er nun reinen Tisch mache würde.

Maja war zehn Jahre jünger als Regina und nicht bloß „Möchtegern-Künstlerin", sondern erfolgreiche Schauspielerin und mit ein paar Titten ... Er grinste unwillkürlich und schaltete die Dampfplauderwelle R.SH ein, die wie gewöhnlich gute Musik sendete. Das Ausfahrtschild Oldenburg erinnerte ihn wieder an den Zweck seines Besuches und er schluckte.

Frau Klose, die Hotelmanagerin, und der Hausmeister waren so etwas gewohnt. Viele Künstler hatten hier schon ihre Werke ausgestellt. Frau Klose hatte sie alle betreut und kannte die Wünsche und Marotten dieser Leute ziemlich genau.

„Hier muss mehr Licht hin!" oder „Können Sie den Schrank da wegstellen? Der stört das Ambiente!"

Frau Klose malte auch nach Feierabend und meistens fand sie ihre Bilder besser als die der Künstler.

„Natürlich, Frau Heise-Mertenbusch. Es wird alles fertig sein morgen Abend. Dort bauen wir das Buffet auf." Sie wies auf die Ecke neben der Tür, wo die Leute sich Häppchen nehmen würden und Prosecco, um an den Bildern und Skulpturen entlang zu schlendern.

Regina nickte unkonzentriert und sah sich um. Die Bilder, *ihre* Kinder, hingen an den Wänden. Kleine Preisschildchen daneben, alle mit vierstelligen Summen versehen. Im Geiste träumte sie davon, dass die Besucher sich gegenseitig überbieten würden, um ein Original von Regina Heise-Mertenbusch zu ergattern.

Frau Klose hätte ihr sagen können, dass hier fast noch nie ein Bild verkauft worden war, sie tat es aber nicht. Frau Heise-Mertenbusch zahlte gut für Buffet und Getränke und die Bilder würden dem Hotel eine Zeit lang kostenlos als Wandschmuck dienen.

„Ja, ich habe noch unglaublich viel Arbeit bis morgen", sagte Regina und Frau Klose nickte.

„Das verstehe ich. Wie gesagt, unser Lieferwagen kommt dann morgen Nachmittag und holt die letzte Skulptur ab."

„Ja, der ‚Wächter', antwortete Regina aufgeregt. „Aber sie müssen zwei Männer schicken, sie ist schwer und groß."

Frau Klose lächelte berufsmäßig. „Ich bin schon sehr gespannt darauf. Auf Wiedersehen, Frau Heise-Mertenbusch."

Frau Klose sah der Künstlerin kopfschüttelnd nach.

Reginas Schritt stockte. Thorstens Wagen in der Einfahrt? Was trieb den denn jetzt hierher? Morgen sollte er doch erst hier sein – zu ihrem großen Triumph. Aber dann lächelte sie. Klar, er würde ihr helfen wollen und ihre Nervosität lindern. Sie fühlte ein leichtes Kribbeln der Vorfreude. Wär nicht schlecht, jetzt mit ihm ins Bett zu gehen – zum Spannungsabbau. Ronja bellte, als Regina aufschloss, kam dann aber sofort wedelnd auf sie zu. „Thorsten?", rief sie. „Bist du da?"

Er kam kauend aus der Küche, ein belegtes Brot in der Hand.

„Hallo Gina", nuschelte er und zog sie mit dem freien Arm zu sich heran.

Regina wusste intuitiv, dass es wohl nichts mit der Entspannung werden würde. Trotz der Umarmung spürte sie die Distanz. Sie machte sich frei. „Ich dachte, du kommst erst morgen zur Vernissage."

Thorsten stutzte. Er hatte ihre Ausstellung komplett vergessen. Statt zu antworten ging er ins Wohnzimmer und sie folgte ihm.

„Einen Drink?", fragte er und als sie nickte, bereitete er zwei Martini an der kleinen Hausbar.

Stirnrunzelnd nahm er wahr, dass die meisten Flaschen fast leer waren, dabei hatte er am letzten Wochenende alles aufgefüllt.

„Stört dich was?", fragte Regina, die seinen Blick sehr wohl bemerkt hatte. „Ich hatte Gäste", fügte sie hinzu und er zuckte die Schultern.

„Außerdem hast du es gerade nötig", sagte sie noch und damit war die Stimmung endgültig am Boden.

„So schnell hätte es ja nun nicht gehen müssen", dachte Thorsten, aber wenn es nun mal so war: Er gab ihr das Glas und sie nippten an ihrem Getränk.

„Ich bin aus einem anderen Grund hier", sagte er dann resolut. „Ich will die Scheidung!"

Er ließ das so im Raume stehen, und sie starrte ihn an. Natürlich war ihre Ehe nicht mehr so wie früher, aber das!

„Du willst – was?", keuchte sie.

„Scheidung", wiederholte er. „Sieh mal, wir haben uns doch nichts mehr zu sagen und ich ..."

Er brach ab, denn Regina hatte sich umgedreht und er hörte sie die Treppe hinauflaufen. Dann krachte die Tür ihres Schlafzimmers zu. Thorsten fühlte kein Bedauern. Regina war ihm vollkommen fremd geworden.

Er hatte jetzt Lust auf etwas Stärkeres und es ärgerte ihn, dass von *seinem* Chivas Regal nur noch ein kleiner Rest übrig war.

Regina hatte eine Weile auf dem Bett gelegen und versucht, nachzudenken, aber ihr Kopf war seltsam leer. Scheidung, Scheidung, Scheidung, dachte sie, aber es hatte irgendwie keine Bedeutung. Sie hatte immer alles so hingenommen, wie Thorsten es wollte. Zuletzt auch das getrennte Wohnen.

Sie richtete sich auf. Vielleicht ganz gut so. Jetzt, wo ich groß herauskommen werde. Ich werde viel reisen. Paris, New York – da würde er sowieso nur stören, dachte sie trotzig.

Sie griff hinter ein bestimmtes Buch auf dem Nachttisch und holte die kleine silberne Dose hervor. Ein Bekannter hatte sie mal darauf gebracht. Schon vor Jahren. Man konnte danach viel konzentrierter arbeiten. „Aber nur eine!", hatte der Freund gewarnt.

Regina kicherte und nahm drei der kleinen weißen Pillen aus der Dose. Sie spülte sie mit einem Schluck Mineralwasser hinunter und legte sich aufs Bett zurück. Bald würden sie wirken und dann konnte sie weiterarbeiten. Thorsten war bestimmt schon wieder abgefahren.

Soll er doch, dachte sie. Mein Haus. Ich komm auch ohne den klar.

Thorsten hörte nach einer Weile oben die Tür aufgehen und dachte, sie würde zu ihm kommen, um zu reden. Er hatte sich alles zurechtgelegt. Er würde großzügig sein. Das Haus gehörte ihr ja sowieso, und er würde ihr eine monatliche Summe überweisen. Mal sehen, was sie aushandeln konnten. Hauptsache, keine schmutzige Wäsche vor Gericht, dachte er. Regina kam nicht und er beschloss, nach ihr zu sehen. Aber erst noch ein Drink, dachte er und ging an die Bar.

Regina fühlte sich jetzt großartig. Diese Farben, diese Leichtigkeit! Sie kicherte, als sie mit dem scharfen Schabeisen die Genitalien des nackten „Wächters" verkleinerte. Sie ging ein paar Schritte zurück und sah sich ihre Arbeit an. Mist, das war zu viel des Guten. Auf dem Arbeitstisch rührte sie etwas Gips an und vervollständigte das Teil wieder. Ihre Gedanken schweiften ab. Es würden andere Männer kommen, jetzt, wo sie berühmt werden würde.

Schon härtete der Gips aus. Den Trick, der Gipsmischung etwas Zementmörtel aus dem Baumarkt beizufügen, hatte sie von einer Kollegin, die natürlich nicht ihr Talent besaß.

„Gina", sagte Thorsten, „lass uns das doch in Ruhe bereden." Er stand plötzlich hinter ihr. Sie hatte nicht bemerkt, dass er hereingekommen war. Er sah ihre Hand am Gipspenis des „Wächters" und prustete los, lachte lauthals und sie holte aus und gab ihm eine schallende Ohrfeige. Er verstummte und stieß sie von sich.

Sie stolperte und lag dann auf den Trümmern des „Wächters". Sie sah ihr Meisterwerk in Stücken um sich herum liegen und konnte nicht einmal schreien. Immer noch das Schabeisen in der Hand, erhob sie sich taumelnd. und dann steckte das Eisen in der Brust ihres Ehemannes und Thorsten fiel um.

Um fünfzehn Uhr kam der Lieferwagen des Hotels. Die beiden Männer waren recht kräftig, und das war auch nötig, denn die Skulptur war schwer. Einer der Männer grinste und meinte zu seinem Kollegen: „Ob man da zum Tragen anpacken kann?"

Er zeigte auf die Genitalien des Gipsmannes. Der andere lachte. „Bist du jetzt schwul?"

„Nee", versicherte der Erste. Gemeinsam legten sie die Skulptur vorsichtig auf Decken.

„Fahren Sie bloß vorsichtig", mahnte die Künstlerin, deren seltsam große Pupillen bei dem Fahrer des Lieferwagens nicht unbemerkt geblieben waren.

„Keine Sorge", sagte er und sie fuhren ab. „Die steht voll auf Droge", mutmaßte er und der Beifahrer sagte nur: „Künstler!"

Regina sah dem Wagen nach. Plötzlich fiel die Last der letzten fünfzehn Stunden von ihr ab. Sie hatte es geschafft!

Scheiß-Thorsten! Beinahe hätte er ihren großen Moment zerstört.

Ronja jaulte zum wiederholten Male. Ein wenig schuldbewusst, denn nachdem Regina nicht auf ihre Zeichen reagiert hatte, war ihr nichts anderes übrig geblieben als auf den Teppich zu pinkeln. Hinterm Sofa. Vielleicht merkte Frauchen das ja nicht. Aber wenn sie nicht bald raus durfte, drohte Schlimmeres.

Regina kochte Kaffee – viel Kaffee – und trank ihn schwarz. Ihre Arme und Schultern schmerzten von der Anstrengung. Ob sie noch ein Pillchen nehmen sollte? Lieber später, dachte sie. Dann wurde es Zeit, dass sie sich für ihre große Show zurechtmachte. Aufräumen würde sie morgen. Das Wohnzimmer glich einem Schlachtfeld, denn sie hatte die Skulptur hier fertiggestellt, nachdem sie alles aus dem Atelier heruntergeschleppt hatte.

So war es auch praktischer gewesen, denn die Arbeiter hätten sie womöglich auf der Treppe beschädigt. Gipstüten, eine Bütt mit Zementresten, leere Haarspraydosen – auch ein Tipp der talentlosen Freundin. Das Haarspray sorgte für ein gutes Finish.

Die Treppe war voller Dreck und Flecken, die sie angewidert ansah. Sie ließ sich ein Bad ein und genoss das warme Wasser an ihrem geschundenen Körper. Sie goss etwas von dem kostbaren Badeöl ins Wasser, das Thorsten ihr zum Geburtstag geschenkt hatte. Scheiß-Thorsten!

Der Wein schmeckte nicht schlecht, auch hier im Wasser. Ihr Kopf dröhnte, aber dann sah sie auf die Uhr und erschrak.

Nun wurde es aber wirklich Zeit. Wenig später stand sie vor dem Spiegel und legte letzte Hand an ihr Make-up. Verdammt, eigentlich hatte sie zum Friseur gehen und sich professionell schminken lassen wollen – wegen der Fotografen. Das schwarze Kostüm stand ihr gut. Sollte sie ...? Ja, heute musste alles perfekt sein.

Es waren aber nur noch zwei Tabletten übrig. Regina spülte sie mit Wein hinunter und ging die Waldstraße zum Hotel „Hohe Wacht" hinunter. Die Haustür hatte sie offen gelassen. Zwei Autos mussten ihr ausweichen, aber die frische Luft und das Einsetzen der Wirkung der Tabletten brachten sie zusehends wieder in Form.

Wohl an die fünfzig Gäste standen erwartungsvoll im Foyer. Die Künstlerin verspätete sich, aber das war man von solchen Leuten ja gewöhnt.

Da kam sie! Die meisten Leute kannten Regina Heise-Mertenbusch seit vielen Jahren. Sie war hier aufgewachsen und die Mehrzahl der Gäste waren Einheimische. Der Kulturverein, der Tennisklub, die Häkeldamen. Auch ein paar Hotelgäste, deren bessere Kleidung sich deutlich von der der Hohwachter abhob.

Die Reporterin des Urlaubs-Kuriers machte ein Foto von Regina, die sich schnell mit der Hand durch die Haare fuhr. Mit großer Geste drehte sie sich um.

„Meine Damen und Herren! Liebe Vertreter der Presse ..."

Frau Meisel vom Kurier grinste, denn damit war sie wohl gemeint.

„Ich begrüße Sie zur Eröffnung meiner Ausstellung. Genießen Sie den Abend mit mir!"

Regina hatte sich die Worte lange zurechtgelegt und brachte sie fehlerfrei hervor. Ein paar Leute klatschten zögernd. „Und nun ... treten Sie ein. Gleich links gibt es ein kleines Buffet und Getränke."

Diesmal klatschten alle. Sie öffnete mit Frau Kloses Hilfe die große Doppeltür.

„Doktor Fersemann lässt sich entschuldigen. Er kommt an einem anderen Tag hierher", flüsterte ihr die Managerin zu, aber das nahm Regina gar nicht wahr.

Frau Klose und ihre Leute hatten tolle Arbeit geleistet. Das gedämpfte Licht, das gediegene Ambiente des großen Raumes, die Gemälde, die durch spezielle Strahler vorteilhaft ausgeleuchtet waren und nun ihre ganze Wirkung entfalteten.

Und dann der „Wächter", der zentral aus der Mitte des Raumes die Eintretenden unter der schirmenden Hand ansah. Lebensgroß und trotz der grauen Farbe des Gipses irgendwie lebendig.

Die Leute raunten sich zu und staunten. „Hätte ich der Mertenbusch nicht zugetraut", flüsterten sich die Häkelschwestern zu.

Man aß die Häppchen und trank Prosecco. Ein Hotelgast fragte, ob bei den Preisen etwas zu machen sei. Regina schwelgte im Glück – ganze vierunddreißig Minuten lang.

„Wem gehört der Hund?", rief die Angestellte aus der Rezeption, denn Hunde waren hier nicht erlaubt.

Ronja war der Spur Reginas gefolgt und lief nun freudestrahlend und schwanzwedelnd auf sie zu. Regina wich zurück, als der Hund sie ansprang und stieß gegen den „Wächter", der mit ihr zu Boden stürzte.

Die Häkelschwestern kreischten, die Gipshülle zerbarst und Regina lag doch wieder in Thorstens Armen.

Durchschnitts-Rasur

Verschlafen! So ein Mist!

Peter Aldag sprang aus dem Bett. Sabine richtete sich auf, ihre linke Gesichtshälfte gerötet und ein wenig strukturiert vom Kopfkissenbezug. Sie rieb sich die Augen und sah „ihrem" Peter nach, dessen straffe sexy Pobacken eben um die Ecke verschwanden.

Schade, dafür ist nun keine Zeit mehr ..., dachte sie und spürte ein leichtes Kribbeln. „Ich bring dich zum Flughafen, Schatz!", rief sie.

Peter kam aus dem Bad, Schaum in den Mundwinkeln und die Zahnbürste in der Hand. „Nee, lass mal, Süße. Ich nehm ein Taxi.

„Blödsinn", bestand Sabine auf ihrem Angebot und stand ebenfalls auf.

Sie streifte ihren seidenen Morgenmantel über, nachdem sie einen kritischen, aber doch recht zufriedenen Blick in den großen Spiegel geworfen hatte, der an der Schiebetür des Schrankes befestigt war. Peter hatte die Stirn gerunzelt und noch ein paar Widerworte versucht ...

Sie ging in die Küche und startete die Kaffeemaschine, die sie schon am Vorabend befüllt hatte. Zehn Minuten später kam Peter schon aus dem Bad. Frisch geduscht, rasiert und nach „Boss" duftend.

„Lass doch, ich ruf ein Taxi", versuchte er es nochmals, aber Sabine war schon im Bad verschwunden. Er schmierte sich schnell ein Marmeladenbrot, während der Kaffee noch vor sich hin brühte.

„Schon fertig, Schatz", sagte Sabine. Sie hatte nur schnell einen Jogginganzug übergezogen, knallrot und körperbetonend.

Peter nahm sie in den Arm und gab ihr einen Kuss. Sie reichte ihm knapp bis an die Nase und ihre blonde Kurzhaarfrisur umrahmte ihr apartes Gesicht. „Na gut, dann aber los. Kann ich so gehen?"

Sie trat einen Schritt zurück und sah ihn prüfend an. Schwarze Schuhe, Flanellhose mit tadelloser Bügelfalte, Hemd und Krawatte, Jackett, die schütteren schwarzen, sehr kurz geschnittenen Haare gepflegt. „Ja, Schatz. Siehst toll aus."

Ihr Golf stand in der Einfahrt und er warf seinen kleinen Samsonite in den Kofferraum und stieg auf der Beifahrerseite ein. Ihr Haus stand in der Stübeheide im Hamburger Stadtteil Wellingsbüttel da, wo „man" wohnt. Altbau, aber auf das Beste renoviert und möbliert und der Stellung Peters angemessen. Erfolgreicher Finanzmakler mit Ambitionen auf „mehr".

Sabine war nicht überrascht gewesen, als er ihr vor nun zwei Jahren eröffnet hatte, dass er ein Stellenangebot in Wien angenommen habe.

Sie hatte sich schon auf das Leben in Österreich gefreut, aber er hatte abgewinkt. „Erst mal sehen, Schatz. Hört sich gut an, was die bieten, aber man weiß ja nie."

So hatte es sich eingependelt, dass er am Montagmorgen nach Wien flog und am Donnerstagabend wieder nach Hamburg kam.

Wie immer war die Wellingsbüttler Landstraße voll gestaut und es ging quälend langsam voran. Peter rutschte unruhig auf seinem Sitz herum.

„Nächste Woche stell ich zwei Wecker!", sagte er und Sabine lächelte ihn kurz an, bevor sie ihre Aufmerksamkeit wieder nach vorn richtete. Bis nach zwei Uhr hatte sich ihr Liebesspiel hingezogen … Oh, sie liebte Peter!

Endlich bremste sie vor dem Terminal 1, wo sich die Schalter der „Eurowings" befanden. Peter beugte sich zu ihr herüber und küsste sie. „Bis Donnerstag, Schatz. Ich liebe dich!"

Er warf die Tür zu und nahm seinen Koffer aus der Heckklappe. Ein Taxi hupte ungeduldig hinter ihr und sie winkte ihm noch einmal zu und gab Gas. Peter sah dem Wagen nach, dann ging er auf die große Drehtür zu und pfiff „Always walk on the bright side of life. Pfff Pfff Pfffffffff …"

Ein Herr sah ihn konsterniert an, eine ältere Dame lächelte.

Geradeaus ging es zu den Schaltern. Peter wandte sich nach links und nahm die Rolltreppe nach unten zum Ankunftsbereich. Die Shoppingmall verbindet die beiden Terminals und auf der linken Seite lag der Salon der „Hair Company", den er nun betrat.

Joshi lehnte am Tresen. Schlank, braungebrannt und so schwul aussehend, wie man nur aussehen kann, wenn man ein Klischee bedienen will.

„Hi Ingo", grüßte er mit einer übertriebenen Geste. „Kannst dich schon mal umziehen. Bin gleich bei dir. Kaffee?"

„Moin moin Joshi, ja gern", antwortete er.

Joshi hatte nicht nach dem „Warum" gefragt, als Peter, den der Friseur nur als Ingo kannte, ihn damals um seine Dienste gebeten hatte. Ingo gefiel ihm, war genau sein Typ und vielleicht ergab sich da noch etwas!

Hinter der Trennwand gab es einen kleinen Nebenraum, in dem Peter seinen Koffer auf den Tisch stellte und öffnete. Er nahm Jeans, Freizeithemd und Wildlederjacke sowie seine bequemen Dockster-Schuhe heraus und zog sich um. Wie immer um diese Zeit an Montagen. Seit nunmehr zwei Jahren. Mein Gott, wie die Zeit vergeht, dachte er.

Zuerst hatte er Stress gehabt. Konnte sich nicht vorstellen, dass das gut ging, aber es ging tatsächlich und vor allem: Ihm ging es verdammt gut dabei! Er nahm auf dem Frisiersessel Platz und Joshi stellte den dampfenden Becher auf das Tischchen.

„Tolles Wetter wird das heute…", plauderte Joshi drauflos und Peter schloss die Augen. Ohne Joshi wär das nicht gegangen, dachte er und plauderte dankbar zurück. Joshi war früher Maskenbildner beim Thalia-Theater gewesen und verstand etwas von seinem Beruf. Nach zwanzig Minuten hatte Peter Aldag sich in Ingo Kleinert verwandelt. Leger gekleidet, braungebrannt und mit einem gepflegt gestutzten Bart und einer blonden Perücke, die ihn vollständig unkenntlich machte. „Bis Donnerstag, Joshi", verabschiedete sich Ingo und drückte dem Friseur einen Schein in die Hand. Nicht so sehr für seine Arbeit, als vielmehr für seine Diskretion.

Joshi hob die Visitenkarte auf, die Ingo aus der Tasche gefallen war, als er seinen Geldbeutel gezückt hatte. „Peter Aldag", las er und legte die Karte ins Fach des Tresens. Genau sein Typ …Hach!

Ingo nahm ein Taxi und ließ sich nach Eppendorf fahren. In der Löwenstraße, vor einem perfekt renovierten Jugendstilhaus, stieg er aus und klingelte zweimal an dem Schild, auf dem „Pöschl/Kleinert" stand. Der Summer öffnete die Tür und Ingo rannte die Treppe in den ersten Stock hinauf und … in Julias Arme. Ein Kuss in der Tür folgte, so heiß und lang, dass Frau Melchert, die gerade von oben kam, stehen blieb und neidvoll sagte: „So jung müsste man noch mal sein…"

Julia grinste und zog Ingo in die Wohnung. „Erst Frühstück oder erst mal …"

„Erst mal!", sagte Ingo und zog Julia hinter sich her ins Schlafzimmer.

Er hatte sie in Wien kennengelernt als er sich dort vorgestellt hatte. Soweit stimmte das mit Wien, aber dann … Die angebotene Stelle war nichts für ihn, aber Julia, die an der Bar des „Naschmarkt-Hotels" gearbeitet hatte, die war etwas für ihn. Äußerlich Sabine nicht einmal unähnlich – beide waren in etwa gleich groß mit fast identischem Körperbau – war Julia ganz der verkörperte Wiener Schmäh. Mit einer schon fast unheimlichen Leichtigkeit des Seins und mit einer Hingabe…

So hatte Peter sich halt etwas ausgedacht. Arbeitete, wenn er in „Wien" war, vom PC aus, der in seinem Arbeitszimmer in der Löwenstraße stand und Julia, die sich auch komplett und restlos in ihn verliebt hatte, spielte das Spiel mit.

Dass er verheiratet war, ahnte sie, hatte bisher aber nie nach „ihr" gefragt. Sie kannte ihn als Ingo Kleinert und dabei sollte es bleiben. Der falsche Name und die äußerliche Verwandlung war „für alle Fälle", weil man in einer Stadt wie Hamburg immer mal jemandem begegnet, den man kennt.

„Wann beichtest endlich amol deina Frau?", fragte Julia plötzlich, nachdem sich ihr Atem beruhigt hatte und sie in seinen Arm gekuschelt neben ihm lag.

„I liab di, woast scho, gel?", flüsterte sie und Ingo erschauerte etwas. Das hatte er befürchtet. Konnte nie etwas bleiben, wie es war?

„Bald Schatz, bald", antwortete er und drückte sie an sich. Ihre langen schwarzen Haare kitzelten in seiner Nase und er musste niesen.

Julia seufzte und schwang sich aus dem Bett. „A geh... I mach an Kaffe!"

Ingo sah ihr nach. „Einen Einspänner, bitte", rief er ihr nach und war glücklich.

Am Dienstagabend gingen sie immer ins „Maybach". Der Barkeeper kannte sie und stellte unaufgefordert ein Bier für Ingo und einen Mai-Tai für Julia auf den Tresen. Sie saßen, wenn möglich, immer am Tresen, wo man durch kleine Säulen einigermaßen gegen Blicke gefeit war.

Julia trank, dann zupfte sie zärtlich an der blonden Perücke, die aber gut fixiert war. „Is scho luschtig, dera Pudl", sagte sie.

„Ja, der Joshi versteht sein Handwerk, auch wenn er so ein schwuler Hund ist. Hej, kennst du den?", fuhr er fort. „Der Schwule lässt die Arbeit ruh`n und freut sich auf den Afternoon ... Hahhahha!"

Julia kicherte und verschluckte sich an ihrem Cocktail.

Joshi kicherte nicht. Er saß direkt hinter der Säule und Ingo hatte ihn nicht bemerkt. Joshi war zwar schwul und einiges von Seiten der Umwelt gewohnt, aber so eine Intoleranz wie die eben erlebte trieb ihm die Zornesröte ins Gesicht. Er hatte Ingo natürlich erkannt.

Du Arsch!, dachte er und spürte, dass ihm die Tränen kamen. Dir werde ich helfen!

Sabine glaubte ihm nicht. Er hatte sie angerufen. Hatte die Visitenkarte aus der Lade genommen und sie angerufen. Sie trafen sich im Alster-Einkaufszentrum, kurz AEZ genannt, in Poppenbüttel, nicht weit von Sabines und Peters Haus. Beim zweiten Cappuccino im „Galeria-Restaurant" war Sabine dann überzeugt und vollkommen verwirrt und emotionsgeladen und genauso auf Rache aus wie Joshi.

Am Donnerstagabend sah Sabine durch die große Scheibe der Rückverwandlung Ingos in Peter zu. Joshi hatte ihr die Uhrzeit genannt. Ihre Handflächen wurden schweißnass vor Wut, als sie sah, dass alles stimmte, was der Friseur ihr gesagt hatte. In diesem Moment kippte große Liebe endgültig in tiefen Hass. Sie rannte aus dem Flughafengebäude ins Parkhaus, wo ihr Wagen stand, um vor Peter zu Hause zu sein.

„Hallo Schatz", begrüßte sie ihn, küsste ihn, als er seinen Samsonite im Flur abstellte und wunderte sich über sich selbst.

Wieder ein Donnerstagabend. Es war Herbst geworden. Weniger Menschen waren unterwegs und es wurde schon früh dunkel. Die Leute trugen Rollkragen und Schals und waren schlecht zu unterscheiden.

Joshi hatte ein gutes Gedächtnis. Er hatte Julia ja damals im „Maybach" gesehen und es hatte ihn nur ein paar Minuten gekostet, Sabine mittels einer schwarzen Langhaar-Perücke und etwas Schminke in Julia zu verwandeln. Zumindest äußerlich. Sie wartete im Zeitungsladen nebenan.

„Hallo Ingo", sagte Joshi und wies auf den Sessel. „Kann sofort losgehen."

Ingo stellte den Samsonite in die Ecke und nahm Platz. Er bekam ein Tuch umgelegt und Joshi reichte ihm zwei Wattepads, die Ingo wie immer auf seine Augen legte. Er hatte einmal etwas von der Tinktur ins Auge bekommen, mit der die Perücke gelöst wurde ... Nie wieder!

„Warte einen Moment. Da ist ein Kunde am Tresen", sagte Joshi und ging nach nebenan in den Zeitungskiosk, wo er fast unmerklich Sabine zunickte.

„Hallo!", begrüßte er die Verkäuferin, die er natürlich kannte, lautstark, und sie nickte ihm zu.

Sabine betrat ohne Zögern den Frisiersalon, nahm das aufgeklappte Rasiermesser, das Joshi auf den Tresen gelegt hatte und trat leise hinter Ingo.

Sie legte ihre linke Hand an seine Stirn, riss seinen Kopf nach hinten und sagte kalt, unheimlich kalt: „Auf Wiedersehen, du Schwein!"

Dann durchschnitt sie, so wie sie es zehnmal über der Badewanne an toten Hühnern geübt hatte, seine Kehle. Blut schoss hervor und sie musste zurückspringen, um nicht bespritzt zu werden. Jetzt wurde ihr übel und sie brauchte alle Kraft, um den Würgereiz zu bewältigen. Dann rannte sie aus dem Laden.

Sie nahm sich zusammen, um den Rest des Planes durchführen zu können, und rempelte einen Mann an.

„Können Sie nicht aufpassen?", schimpfte er.

Sie sah ihn an und sagte „Dös g`schiat eam recht. Dem Oarsch!"

Dann war sie im Parkhaus und in ihrem Golf, riss sich die Perücke vom Kopf und stopfte sie in eine Aldi-Tüte. Nur weg hier!

Joshi „fand" Ingo einige Minuten später. Zuvor hatte er noch den Koffer und alle Papiere, die auf Peter Aldag hinwiesen, entfernt und versteckt. Die Kripo kam und die Verkäuferin nebenan bestätigte, dass er zur Tatzeit in ihrem Geschäft war. Joshi sagte aus, dass der Ermordete zwar öfter bei ihm gewesen sei und … „Warten Sie, ich glaube er heißt Ingo Kleinert und wohnt in der Löwenstraße 24. Hat er mal erwähnt."
Der angerempelte Mann beschrieb die schwarzhaarige Österreicherin, die unter dieser Adresse in Eppendorf festgenommen wurde.

Sabine betrat die Polizeiwache Hummelsbüttel.
Ein Beamter kam an den Tresen und sah sie an. „Was kann ich für Sie tun?", fragte er.
Die hübsche blonde Frau sah sorgenvoll aus. „Ich … ich möchte …, muss meinen Mann vermisst melden. Er ist nicht aus Wien heimgekehrt und hat sich auch nicht gemeldet …"

Nachtdienst

„Ich geh dann mal", sagte Gisela Rüschwein zu ihrem Mann Heinz.

Er hing sozusagen auf dem Sofa. Seine normale Sitzhaltung eben. Seit all den Jahren – nun fast fünfundzwanzig –, die sie verheiratet waren. Im Guten wie im Bösen.

„Hmm", brummte er zurück, ohne den Blick vom Fernseher zu lösen, in dem „DAS" lief.

Heute durfte sich da ein abgehalfterter Schriftsteller seines neuesten Werkes rühmen. Gisela seufzte und ging. Es waren nur einige hundert Meter bis zur U-Bahn-Station Niendorf Nord. Ihr kleines Reihenhaus lag in einer ruhigen Seitenstraße im ohnehin ruhigen nördlichsten Stadtteil Hamburgs. Alles bürgerlich und „schön" eben.

Gisela hing während der fast halbstündigen Fahrt ihren Gedanken nach. Siebzehn Jahre hatte die gelernte Altenpflegerin in ihrem erlernten Beruf gearbeitet und dann …

Dann hatten sie der Geldmangel und der Zufall in eine neue, ganz andere Karriere geschleust. Heinz hatte sie das nie gesagt. Bewahre! Er glaubte immer noch, dass sie im Altenheim Lokstedt arbeitete.

Sie musste unwillkürlich grinsen. So unähnlich war ihr neuer Beruf dem bisherigen nicht. Ihre Kunden waren größtenteils ältere Herren, jedenfalls zunehmend, und ihrem eigenen Alter entsprechend. Sie stieg immer an der Station Feldstraße aus und genoss den Spaziergang zu ihrem Arbeitsplatz, der Herbertstraße. Diesmal herrschte viel Gedränge in und um die

U-Bahn-Station, denn es war „Dom" auf dem Heiligengeistfeld. Volksfest. Früher waren sie und Heinz jedes Mal dort ihre „Würstchen, Bier und Mutzenmandel"-Runde gegangen. Sie schniefte. Heinz war ein „Couch-Potatoe" geworden. Nix mehr los mit ihm, auch nicht im Bett … Vielleicht hatte sie auch deshalb …

Auch die kleinen Straßen, die auf die Reeperbahn zuführten waren schon gut gefüllt. Aber auch, wenn sie am Ende ihrer Schicht, so gegen fünf Uhr, und im Winter hier entlangging, nie hatte sie sich unsicher gefühlt. Sie überquerte die Reeperbahn und bog in die Davidstraße ein, an deren Ecke die berühmte Polizeiwache lag. Hier standen schon jede Menge Mädchen. Jung, aufreizend geschminkt und trotz der Kälte in kurzen Röcken …Gisela – Gisa für ihre Freunde – beneidete sie nicht. Klar, sie bekamen ungefähr das Doppelte von dem, was sie noch nehmen konnte, aber dafür froren sie auch. Und außerdem …

Die Herbertstraße war zur Davidstraße hin mit einem kleinen Holzzaun abgeschottet, der nur einen kleinen Zugang freiließ. Frauen hatten keinen Zutritt, es sei denn, sie arbeiteten hier. Und das tat Gisa. An der Wand lehnte Holger, ein Ex Boxer, der hier für „Ruhe" zuständig war.
„Moin Gisa", sagte er, obwohl es Abend war. Sie lächelte ihn an und nickte.
„Hallo Holgi. Schon was los heute?"
„Noch ziemlich mau …", antwortete er. „Haste ne Fluppe?"

Gisa kramte in ihrer Tasche und förderte eine Schachtel Zigaretten zu Tage. Die hatte sie nur für Holgi. Sie selbst rauchte nicht.

„Schöne Schicht", sagte er und Gisa betrat ihren Arbeitsplatz. Das dritte Haus in der bei Tageslicht recht schäbigen Reihe. Jetzt, im Licht der schummerigen und rötlichen Beleuchtung, wirkte es fast gemütlich. Gisa nickte ihren Kolleginnen, die in den Fenstern saßen, zu und Heike winkte zurück. Heike war letzte Woche fünfundvierzig geworden und trug im Moment nur Netzstrümpfe.

Das hier war eben die Herbertstraße, wo es alles gab und wo jeder fand, was er suchte. Lack und Leder, jede Art von Rollenspiel und eben solche wie Heike und Gisa, die ihr wahres Alter trugen und erstaunlichen Zuspruch nicht nur bei älteren Männern und Ausländern fanden. Gerade gestern hatte Gisa einen bestimmt erst sechszehnjährigen Kunden gehabt, der seinen ersten Versuch mit gespartem Taschengeld finanziert hatte.

Warum er gerade sie gewählt hatte? Gisa kannte das. Bei „hübschen" und jungen Frauen hatten die „Rekruten", wie sie die Novizen nannte, Hemmungen,, mitunter sogar Ladehemmung. Gisa machte so was Spaß. *Fast ein bisschen Sozialarbeit*, dachte sie. Das Hinterzimmer, wo ihr Spind stand, war kalt. Sie zog sich schnell aus und streifte ihren roten Spitzenslip über, ihre Arbeitskluft für heute. Noch die rote Federboa um den Hals – und los.

„Ablösung, Grit", sagte sie und die Angesprochene, eine attraktive rothaarige Frau in einem Body, legte ihre „Frau im Spiegel" weg und stand auf.

„Gute Geschäfte", wünschte sie und war froh, dass Feierabend war. Sechs Freier. Nicht gut, aber auch nicht zu wenig. Alfred, der Chef, konnte sich nicht beklagen.

Gisa nahm im Schaufenster Platz und setzte sich breitbeinig in Positur. Nach zehn Minuten klopfte der Erste, ein Stammkunde namens Memmet, an die Scheibe und Gisa ging an die Arbeit.

Gero Andersen machte sein Hobby großen Spaß. Tagsüber Beamter der Stadtverwaltung, schlüpfte er am Abend in die Rolle des Fremdenführers. Vor Jahren hatte sich der kleine Verein gegründet, dessen Ziel es war, Fremden bei geführten Rundgängen die Schönheiten und Zwielichtigkeiten des Kiezes nahe zu bringen.

Er stand am Ausgang der U-Bahn-Haltestelle Reeperbahn und hielt einen Besenstiel in den Händen, an dessen Spitze eine Matrosenmütze befestigt war. „Matrosenmützen und Netzstrümpfe", so wurde dieser etwa zweistündige Rundgang beworben. Bald hatte Gero etwa fünfzehn Leute um sich versammelt, die ihm die zehn Euro, die ausdrücklich als Spende an den Verein deklariert wurden, überreichten.

„Ich glaube, es kommt niemand mehr. Lets go", sagte er.

Gero war einer der wenigen Mitglieder des Vereins, der fließend englisch sprach. Das war heute nötig, denn es waren fünf japanische Touristen in der Gruppe.

„Wir gehen erst mal durch die Bernhard-Nocht-Straße zum Hafen runter und dann ins Rotlicht-Viertel. We first proceed through the Harbour Area and then to the Reeperbahn, to the girls!", sagte er und eine der Japanerinnen kicherte.

Die Japanerinnen und Japaner kicherten immer, das wusste Gero. Er nahm sich vor, ihnen etwas zu bieten, was sonst nicht auf der Tour lag.

„Komm schon, Harald", drängte Gottfried Ahrens seinen Kollegen.

Harald Mertens hätte lieber eine andere Form der Weihnachtsfeier gehabt. Schön gemütlich in einem Lokal mit gutem Essen und so … „Typisch Gottfried, das hier", dachte er. Na ja, nachher würde es noch in die „Ständige Vertretung" zum Essen gehen. Er zog sich den Schal enger um den Hals und folgte der Gruppe. Nach und nach gefiel es ihm dann aber doch.

Sie besuchten ein erotisches Museum, wo wiederum die Japanerinnen kichernd vor den Vitrinen stehen blieben, in denen historische Sexspielzeuge ausgestellt waren. Gerade lachten sie laut auf und Harald vermutete, dass sie die Größe eines hölzernen Dildos mit den Originalen ihrer eher kleinwüchsigen Männer verglichen.

Überall auf der Reeperbahn leuchtete Weihnachtsdeko. Einige der leichten Mädchen trugen Weihnachtsmann-Mützen und weiße Strumpfbänder mit Glöckchen. Dann gab's ein Bier in einer urigen Seemanns-Kaschemme, in die Gero Andersen seine Gäste vertragsgemäß schleuste. Wieder auf der Straße, versammelte er die Gruppe um sich.

„Wir sind nun fast am Ende unserer Tour. Weil Sie so nette Leute sind, gibt's heute einen schnellen Gang durch die Herbertstraße. Das ist sonst nicht erlaubt, besonders wegen der Frauen …, aber mein Freund Holgi hat da heute Dienst als Security-Mann und lässt uns ausnahmsweise durch. Bleiben Sie bitte zusammen. Und wenn's geht, bleiben Sie bitte im

Hintergrund, meine Damen. Die Frauen, die da arbeiten, mögen keine so hübsche Konkurrenz."

Er grinste, die Leute lachten und die Japaner sahen ihn verständnislos an, bis er es ihnen auf Englisch erklärt hatte, was wiederum einer der Herren nochmals auf schnellem Japanisch verdeutlichte. Die drei Japanerinnen kicherten wieder.

„Hallo Holgi, da wären wir", sagte Gero, als sie die Herbertstraße durch den engen Durchlass betraten.

„Aber zack, zack durch", knurrte der Boxer, den die meisten der Gruppe ehrfürchtig musterten.

„Guck dir mal die Muckis an", flüsterte Gottfried Harald zu und wies verstohlen auf Holgis Muskelpakete.

„Also mir nach!" kommandierte Gero und setzte sich in Bewegung.

Schon nach zehn Metern riss Heike ihr Fenster auf und keifte: „Was soll 'n das, Holgi? Schmeiß die Tussen raus!"

Pfiffe kamen aus anderen Fenstern. Gisa erhob sich und wollte „Raus hier oder wir schnappen uns eure Männer!" brüllen, aber der Satz blieb ihr im Halse stecken. Da stand Harald Mertens und starrte sie an. Harald Mertens, der das Reihenhaus neben ihrem bewohnte und mit dem sie Streit wegen ihres Carports hatte …

Harald stand wie angewurzelt da und starrte sie an. Die rote Federboa schwang vom Wind über ihre längst der Schwerkraft erlegenen Brüste, der Bauch …, der enge Slip, aus dem hier und da Schamhaare lugten …

„Frau Rüschwein …", stammelte er. „Was machen Sie denn …, ich meine … So was …"

„Kommen Sie?", rief Gero Andersen und Harald wandte sich ab und lief verwirrt der Gruppe nach.

„Scheiße, Scheiße, Scheiße", jammerte Gisa.

„Was iss'n?" fragte Holgi, der näher kam.

„Ein Nachbar. Hat mich erkannt", stammelte Gisa, der die Tränen in den Augen standen, denn das war klar. Soeben hatte ihr bisheriges Leben geendet. Mertens würde es Heinz erzählen und dann …

Holgi schüttelte den Kopf. Er konnte diese Weiber nicht verstehen, die hier arbeiteten und gleichzeitig ein Doppelleben im bürgerlichen Milieu führten. Das hier war sein Zuhause und es war doch okay, oder? Trotzdem, er mochte Gisa und versuchte, sie aufzuheitern.

„Wird schon gut gehen. Mach weiter."

Er schlurfte zurück an sein Tor, nahm sich aber vor, nie wieder so eine Touri-Gruppe hier durchzulassen. Gisa musste erst mal zur Toilette, wo sie Heike traf, die gerade Pause machte.

„Schöner Scheiß", sagte die. „Kannste mit dem Typen reden? Ich mein, vielleicht sagt er nix."

Gisa schüttelte langsam den Kopf. „Der wird das genüsslich in der Nachbarschaft verkünden. Ich bin erledigt. Musste ja mal so kommen."

Tatsächlich war ihr schon oft mulmig gewesen bei dem Gedanken, jemand aus ihrem Bekanntenkreis könnte als Kunde hierher kommen. Sie hatte sich dann immer damit beruhigt, das der dann ja auch zugeben müsste, dass er hier verkehrte, aber das entfiel bei diesem Mertens, der ja mit dieser blöden Rundganggruppe zufällig hier reingeraten war.

„Dieser bescheuerte Holgi", heulte sie los und es kostete Heike ihre ganze Pause, ihre Lieblingskollegin zu beruhigen.

Gisa war durch den Wind und der nächste Kunde beschwerte sich lautstark.

„Kann ich ja gleich ´n Astloch f…, so wie du da liegst!"

Noch fünf Stunden … Was sollte sie nur tun?

Harald war nicht bei der Sache. Die fünfte Runde Kölsch in der „Vertretung" Das Essen hatte er kaum berührt.

„Was ist denn mit dir los? Haben dich die Damen in der Herbertstraße geschockt?, fragte ihn Gottfried und ahnte nicht, wie nahe er der Wahrheit kam.

„Hier, noch ´ne Runde Schnaps!", verkündete der Chef und versicherte seiner Belegschaft, was für ein tolles Team sie doch waren. Harald trank und musste rülpsen.

Gottfried hieb ihm auf den Rücken. „So ist's richtig, Alter. Sauf und genieß das Leben!"

„Sag mal", sagte Harald, „hast du schon mal … ich meine, warst du schon mal im Puff?"

Gottfried stutzte, lachte dann aber. Er hatte schon ziemlich viel getrunken. „Sag bloß, du nicht?", fragte er zurück. „Klar. Früher, bevor ich Hedy kennen gelernt habe … Jede Woche. Prost!"

Die nächste Runde war serviert worden und sie tranken auf Ex. Gottfried erzählte noch ein bisschen aus den „alten Zeiten" und Harald kam es nach einer Weile und drei weiterer Schnäpsen vor, als wenn er da was Großartiges verpasst hatte in seinem Leben.

Sie wurden buchstäblich rausgekehrt, denn das Lokal schloss. Die meisten nahmen grüppchenweise Taxis. Nach Niendorf wollte sonst keiner und so blieb Harald allein zurück. In seinem Kopf arbeitete es und dann setzten sich seine Beine fast automatisch und einem eigenen Willen folgend in Bewegung.

Gisas Kopf zuckte hoch. Kaum noch Männer unterwegs und sie war auf ihrem Stuhl eingenickt. Der Heizlüfter neben ihr summte und es war warm. Sie war von einem Klopfen an der Scheibe aufgeschreckt und jetzt klopfte es wieder. Ihr Mund öffnete sich und sie wollte schreien. Da stand dieser Mertens! Er schwankte und sie sah, dass er betrunken war. Sie öffnete zögernd die Scheibe und sah, dass Holgi misstrauisch herübersah.

„Ich … will mal …", brachte Harald stockend heraus.

Gisa zögerte, fasste dann aber einen Entschluss. Sie kannte Mertens´ Frau und wenn sie ihn jetzt … Er würde das Maul halten müssen. Sie brachte ihn nach hinten und half ihm beim Ausziehen. Er blieb in einem Hosenbein stecken und fiel hin und Gisa half ihm aufs Bett. Sie war Profi und versuchte einiges, aber nichts ging mehr bei Harald. Er wurde immer wütender. Auf sich und auf diese Schlampe, die sich an ihm zu schaffen machte.

„Werd morgen deinem Heinz sagen, was du hier so treibst", knurrte er und stieß ihre Hand weg.Und dann saß Gisa auf ihm und zog an den Enden der Federboa, die sie um seinen Hals geschlungen hatte.

Sie zog und zog und spürte unter sich, dass sich das bisher reglose Körperteil aufrichtete. Dann kippte sein Kopf zur Seite und Gisa ließ, von beiden Reaktionen überrascht, die Enden der Boa los. Minutenlang blieb sie auf Harald sitzen, unfähig zu begreifen, was da geschehen war. Dann stand sie auf, zog sich einen Bademantel über und holte Heike.

„Guck dir den an", sagte Hans Werner zu seinem Kollegen, der gerade scheppernd eine Mülltonne, die er in den Müllwagen entleert hatte, auf den Asphalt knallte. Er nickte mit dem Kopf in Richtung Hans-Albers-Platz. Ein ziemlich stämmiger Weihnachtsmann in vollem Kostüm zog einen hölzernen Bollerwagen, auf dem ein großer, mit Geschenkband verschnürter Jutesack, lag, hinter sich her. Es war kalt und der Kollege hatte keinen Sinn für so etwas.

„Hilf mir lieber!", schimpfte er.

Der große Weihnachtsbaum war erst vor ein paar Tagen als Spende der Geschäftswelt dort aufgestellt worden. Die elektrischen Kerzen brannten noch. Erst bei Dämmerung in ein paar Stunden würden sie automatisch erlöschen. Der Weihnachtsmann stellte den Bollerwagen neben ein paar großen Deko-Plastik-Geschenkpaketen vor der Tanne ab. Dann entfernte sich der Weihnachtsmann unauffällig.

Holgi streifte sich in einem Hauseingang das Kostüm ab und stopfte es im Vorbeigehen in einen Mülleimer, den Hans Werner und sein Kollege kurz danach leerten.

Als er zurückkam, gab Gisa Holgi wortlos einen Kuss und die ganze Schachtel Zigaretten.

Um halb sieben schloss sie die Tür des Reihenhauses in der Thüreystraße auf. Heinz knurrte aus der Küche.

„Bist aber heute spät dran, muss gleich los. Wie war der Nachdienst?"

„Nichts Besonderes. Einer ist gestorben", sagte sie und legte die Brötchentüte auf den Tisch.

OH Happy Day

Tat doch ziemlich weh. „Ihr" Lied. Und jetzt sang Katrin statt ihrer das Solo. Vera konnte Katrin schräg rechts neben sich sehen, wenn sie den Kopf drehte. Der triumphale Ausdruck in ihrem Gesicht und die geröteten Wangen. „I love him, I love him, I love him and when he goes i follow...". Vier Jahre lang hatte Vera das gesungen und jetzt blieb ihr der Refrain, wie all den anderen. Sie hatten Probe wie jeden Donnerstag seit Menschengedenken.

Früher war das der Kirchenchor der Neustädter Kirche gewesen. Damen und Herren, gut gemischt. Durchschnittsalter um die siebzig. Repertoir: Gesangbuch rauf und runter. Dann war Alwin als neuer Chorleiter gekommen. Verkrachter Musiklehrer ohne richtige Anstellung, der sich mit Gitarrenunterricht und Aushilfstätigkeit an der Schule über Wasser hielt. Nun bestand die Gruppe aus fünfunddreißig Frauen und sechs Männern. Das Durchschnittsalter war jetzt um die vierzig, fast jede/jeder mindestens einmal geschieden und das Repertoir bestand aus Gospelsongs. Popig fetzig von Alwin aufbereitet. Vera hatte ihn in ihrem zweiten Jahr im Chor, der jetzt „Neustadt Joyful Singers" hieß, sozusagen an ihr weites Herz gedrückt. Seine Dackelaugen. Sein unglaubliches Talent, sein soziales Scheitern anderen in die Schuhe zu schieben. Die Freude am Singen, die er ihr und den anderen vermittelte und der neue Schwung, der sie alle beseelte.

Vera Heise war zweiundfünfzig und Oberschwester in der Schön-Klinik. „I will follow him…" sang der Chor und Katrin jubelte das finale „Hiiiiim" geradezu heraus. „Fein, fein, fein. Klasse Katrin", sagte Alwin und sah sie an wie… und da wusste Vera plötzlich, warum Katrin jetzt das Solo sang. War ja offensichtlich.

Pastor Sendemann trat vor. Er hatte zugehört und nickte nun gönnerhaft. Er war noch ein Hirte alter Schule und hätte es lieber gehabt, wenn der Chor was „Richtiges" singen würde, aber selbst er hatte einsehen müssen, dass es mit dem alten Chor nicht mehr weiter gegangen war. Kein Nachwuchs und die vorhandenen Stimmen immer weniger und zittriger.

„Ja, meine Damen und Herren", sagte er nun und legte die Hände zusammen, wie er es immer tat, wenn er predigte. „Am Samstag ist es so weit und ich freue mich auf den Gottesdienst. Ich bin stolz, dass unsere Gemeinde so einen überragenden Chor hat." Das war zwar gelogen, aber die Damen und Herren freuten sich. Das große Adventskonzert der „Joyful Singers" am Vorabend des vierten Advent war schon seit Wochen in ganz Neustadt plakatiert und der „Reporter" hatte einen Artikel mit Foto gebracht. Alwin vorne, der Chor undeutlich im Hintergrund. Dann war Probenschluss. Die meisten gingen nach Hause, aber der harte Kern – etwa ein Dutzend - marschierte die paar Schritte zum „Griechen" und wurde unter Hallo von Kosta begrüßt, der sein Lokal deswegen an Donnerstagen extra etwas länger geöffnet hielt. Am Stammtisch gab es Stammplätze. Alwin neben Vera und Katrin weit entfernt, aber diesmal war Marlis nicht da, die sonst immer auf Alwins anderer Seite saß und schwupps… saß Katrin da. Vera kochte. Wenn sie Katrin so ansah… Genau

Alwins Beuteschema. Blond natürlich, kleine sportliche Brüste, breite Hüften… . Alwin hatte in der ersten Zeit mit allen Frauen geflirtet, bis Vera ihn mit Beschlag belegt hatte. Seit einiger Zeit wohnte er nun sozusagen bei ihr, wenn er auch noch eine winzige Bude am Hafen hatte, wo er in Ruhe Gitarre spielen konnte, was in dieser Lautstärke –E-Gitarre - in Veras Wohnung nicht ging.

Kosta brachte Ouzo und Speisekarten. Er erwartete keine großen Bestellungen, denn die Damen waren immer auf Diät, nur Alwin schlug jedes Mal mit der „Rhodos-Platte" zu.
Vera zahlte ja. Vera zahlte so ziemlich alles für Alwin. „Hast Du was?" fragte er sie in einem Anflug von Empathie. „Ach nix", antwortete sie leise. „Bin müde. Lass uns heute nicht so lange machen." Alwin sagte „Prost, auf unseren Auftritt!" und sie tranken den spendierten Ouzo auf Ex. Kosta hatte schon mächtig Weihnachtsgefühle und deshalb gab es noch einen aufs Haus. Vera stocherte sauer in ihrem Tomatensalat und Alwin quatschte mit dieser dummen Kuh neben ihm. Die ersten zahlten und gingen. Vera stand auf und da musste Alwin ja nun mit. „Muss noch mal wohin", sagte er wie immer, um der Peinlichkeit zu entrinnen, dass Vera für ihn zahlte. „Ja, ich auch", sagte Katrin. Kosta war diesmal schnell durch. Kalli nichta", sagte er und Vera musste nun auch noch mal. Im kleinen Flur, wo die WCs waren, gab es einen kleinen Abstellraum mit Akropolis-Motiv-Vorhang davor. Der Vorhang war nicht richtig zu und Vera sah Katrin und Alwin knutschen. Seine Hand wühlte unter ihrem Pulli rum. Nun musste sie nicht mehr und als die beiden endlich erschienen, sah Katrin

sie so richtig fiese lächelnd an gurrte „Gute Nacht ihr Beiden." Und ging nach Haus zu ihrem Mann.

Vera machte ihm richtig Stress. „Glaubst Du, ich hab das nicht gemerkt? Alwin spielte den Unschuldigen. „Du hast ihr „mein" Lied gegeben", sagte sie vorwurfsvoll. „Ich kann Dich doch nicht jedes Solo singen lassen, Schatz", antwortete er. „Du hast doch jetzt „Oh happy day"   Das stimmte. Alwin hatte „Oh happy day" mit dem irren wilden Ende immer selbst gesungen, bis zu dem Tag vor einem halben Jahr. Da war er plötzlich mitten drin ganz weiß geworden und zusammen geklappt. Um Glück nur bei der Probe. Vera hatte Erstversorgung geleistet und den Krankenwagen geholt. Doktor Kers hatte ihr dann kollegial und im Vertrauen gesagt, dass da wohl ein Herzinfarkt im Anmarsch sei und dass Alwin eine Vorschädigung hätte. „Kein Alkohol mehr", hatte der Doktor geraten, aber das ging bei Alwin nicht. Aber Vera hatte ihn eingeschränkt. Ab da hatte sie fast keinen Wein oder Bier mehr gekauft. Was Alwin woanders trank... Jedenfalls hatte Vera jetzt „Oh happy day" und das war der Höhepunkt des kommenden Konzerts. Pastor Sendemann baute sogar seine Predigt darauf auf.

Alwin schaffte es, Vera zu versöhnen. Im Bett stellte er sich Katrins Körper vor und Vera war begeistert von seiner Leidenschaft.

Frühdienst hieß um Fünf aufstehen. Das fiel Vera heute schwer. Die Nacht war lang und heftig verlaufen. Sie grinste sich im Spiegel an und fand sich sogar mal wieder attraktiv. Im

Auto trällerte sie mit dem Radio um die Wette. „Last christmas i gave you my heart…" Da hatte sie sich wohl getäuscht mit Katrin aber… Moment mal. Der Kuss am Klo! Schon war der Morgen wieder trüb und die Sorgen zurück.

Übergabe um halb Drei. Das zog sich heute, weil so viele Neuzugänge auf Station waren. Vera sah auf die Uhr als sie endlich im Auto saß. Sie wollte Alwin noch mal die Geschichte mit dem Kuss um die Ohren knallen. Jetzt war der bestimmt in seiner Bude.
Bingo! Da stand sein Fahrrad an der Wand. Vera hatte keinen Schlüssel aber die Gardine -Sie hatte sie genäht - war ein bisschen kurz und als sie am unteren Rand durchs Fenster spähte, sah sie Alwins nackten Hintern mit Katrins Beinen um ihn rum und seine Hände auf ihren kleinen Brüsten.

Irgendwie kam sie nach Hause und heulte sich aus und dann trank sie Cognac und fasste den Entschluss.

Als Alwin nach Haus kam, hatte sie sich kosmetisch wieder hergestellt und voll im Griff. Sie kochte Frikassee und Alwin futterte wie ein Maurer. Später wollte er mit ihr schlafen, aber das wehrte sie ab. „Wir haben morgen einen anstrengenden Tag. Für dich sicher ein ganz besonderer Tag", sagte sie und er fragte nach. „Besonders?" „Na das Konzert wird bestimmt ganz toll für dich." „Für den ganzen Chor", sagte er gönnerhaft. „Ich verrat dir mal was", meinte er dann und Vera dachte, dass er jetzt beichten würde. „Der Schuldirektor kommt und wenn er sieht, wie ich das so mache… Vielleicht kriege ich endlich eine Vollstelle. Dann liege ich dir nicht mehr so auf der Tasche"   „Ja", sagte sie gedehnt. „Wenn das klappt morgen, liegst Du mir nicht mehr auf der Tasche."

„Nanu, Du hast doch heute gar keinen Dienst", sagte Schwester Elli als sie die Station betrat.
„Hab gestern was vergessen", antwortete Vera gelassen.
„Kommst Du heute Abend zu unserem Konzert in die Kirche? Musst aber früh da sein. Das wird voll."   „Ne, hab morgen noch mal Frühdienst. Weißt Du doch."   „Ach ja", antwortete Vera. Elli hatte ihr den Frühdienst abgenommen, als sie sie darum bat, weil nach solchen Konzerten immer gefeiert wurde. „Viel Erfolg!" wünschte Elli noch und Vera holte sich das, was ihr dafür fehlte aus dem weihnachtlich geschmückten Dienstzimmer.

Alwin war am Nachmittag schon in der Kirche und überwachte den Aufbau der Musikanlage. Die Kirche hatte zwar von Haus aus eine tolle Akkustik, aber für die Soli brauchte man einfach Verstärkung. Zwei der Männer aus dem Chor halfen ihm, Mikrofonkabel zu verlegen. Der riesige Weihnachtsbaum neben dem Altar störte gewaltig, aber da Dienstag Heilig Abend war, hatte er schon aufgestellt werden müssen.
Im Gruppenraum des Gemeindehauses bereiteten die meisten Damen des Chores und des Kirchenvorstands ein kaltes Büffett „für Nachher" vor.   Oh Happy Day!!

War nicht so einfach gewesen, aber nun war alles geschafft. Papier zugedreht und die kleine Banderole sah original daraus hervor. Vera stellte sicher, dass sie den Bonbon in die rechte Tasche steckte.

Am Abend brauchte sie, wie alle Damen der „Joyfuls" viel Zeit für Make-up und Garderobe. Schwarze Hose mit kurzer Jacke und ein türkis farbener Umhang, das war das Outfit des Chores. In langen Sitzungen bei Kosta und in Cafes kreiert. Eine Stunde vor Konzertbeginn war Treffen. Alle nervös und aufgeregt und Vera gleich doppelt. Dann erschien Alwin. Ganz in schwarz, wie Johnny Cash. Haare frisch gefönt und mit gespielt guter Laune sein eigenes Lampenfieber kaschierend. „Jetzt oder nie", dachte Vera und ging zu ihm. „Hallo Schatz, siehst gut aus", sagte er und sie sah ihn leidend an. „Alwin, es geht nicht. Bin irgendwie erkältet und krieg die hohen Töne nicht." Alwin sah sie entsetzt an. „Aber dein Solo", sagte er. „Katrin kann das noch nicht." Und damit zerstörte er Veras letzte Skrupel. „Na, dann sing ich das heut noch mal selber", sagte er und sah irgendwie ganz zufrieden aus bei dem Gedanken. Vera griff in die Tasche und hielt ihm den Eukaliptus-Bonbon hin. Das war ein Ritual zwischen ihnen. Vor jedem Konzert gab sie Alwin einen Bonbon für die Stimme. „Ich glaub, den brauchst Du heute selbst", antwortete er und sie öffnete den Mund und zeigte ihm den Rest eines Bonbons. „Hab schon", sagte sie und er drehte das Papier auf und steckte den Kräuterbonbon in den Mund.
Die Kirchentür war nun offen und die Leute strömten herein. Pastor Sendemann hatte sich schließlich sogar bereit erklärt, den Weihnachtsbaum zu erleuchten. Sonst gab es das vor Heilig Abend nicht. Er sah toll aus und die Leute stießen Töne der Bewunderung aus, während sie sich Platz suchten. Der

Chor bereitete sich hinten mit Tonübungen vor. Vera beobachtete Alwin kritisch, aber er hatte nichts gesagt, obwohl der Geschmack sicher anders gewesen war. Vor der Tür der Sakristei drückte Alwin jedes Chormitglied noch mal kurz und Vera sah, dass Katrin ziemlich zurück drückte. Dieses Aas.

Das Klavier, an dessen Tasten ein Freund Alwins saß, begann ein paar synkopische Takte zu spielen und dann marschierten die „Joyful Singers" auf. Applaus! Das Publikum bestand weitgehend aus Verwandten und Freunden. Erster Song. „Let my Peple go" Applaus! Kurze Ansprache von Pastor Sendemann. Applaus!

Dann trat Katrin vor. Michael, ihr Mann, der in der ersten Reihe saß beugte sich vor. Stolz wie Oskar. „I will follow hiiiiim." Riesenapplaus! Michael rennt nach vorn und küsst Katrins Knie. Alwin ist ganz rot im Gesicht und schwitzt. „Meine Damen und Herren", sagt er. „Sonst singt unsere Vera das Solo. Leider hat sie heute Hals." Er imitiert H.P. Kerkeling. Laute Oooohs, ein paar lachen. „Deshalb muss ich das heute selbst singen. Ich hoffe, ich kann den Text noch." Applaus! „Oh happy day!" brüllt Alwin und als er den Einsatz gibt, sieht Vera, wie er das Gesicht verzerrt und sich kurz ans Herz greift. Das Klavier setzt ein und Alwin nimmt das Mikro.

Vera hatte gut geschätzt. War harte Arbeit gewesen, das Bonbon zu zersägen, einen Teil des Inhalts auszuschaben und einen guten Schuss, einen sehr guten Schuss des gefährlichen Herzmittels Dynakard gegen niedrigen Blutdruck einzufüllen. Bonbonhälften mit Zuckerwasser zusammenkleben, einpacken.

„Oh happy day", sang Alwin mit Inbrunst und der Chor refrainierte „Oh happy day".

Zwei Strophen lang und Vera dachte schon... „and life in joy and pray everyday..." "Everyday", sang der Chor.   Dann krümmte sich Alwin und stieß, gut elektronisch verstärkt, den Atem aus. Er keuchte noch   „He washed my..."   „Sins away" brachte er nicht mehr heraus. Die Leute schrieen als er auf den Boden krachte und Pastor Sendemann konnte seine Predigt zum Thema „Oh happy day", die folgen sollte vergessen.

„Hab ich`s Dir nicht gesagt? sagte Doktor Kers, der heute Notarztdienst hatte zu der aufgelösten Vera und unterschrieb den Totenschein.

Hallo,
hat ihnen dieses Buch gefallen? Das freut mich !

In diesem Fall lautet die gute Nachricht, es gibt noch mehr von
mir zu lesen…

Zum Beispiel:
„Schöne Schwester Tod"   **BOD**
Ein Lübecker-Bucht-Krimi   ISBN:9783746082318

„Madonnengrab"   **BOD**
Ein Lübecker-Bucht-Krimi   ISBN:9783732281268
(Fortsetzung von Schöne Schwester Tod)
„Pedder Carstens-Kapitän des roten Adlers"

BOD
Ein historischer Seefahrer-Roman
ISBN:9783837023756

„Schiff ohne Heimat"   **BOD**
Ein historischer Seefahrer-Roman
(Fortsetzung von Pedder Carstens)
ISBN:9783842347922

Platz für ihre Notizen und die Telefonnummer, der netten Strandkorbnachbarin...